지구별 악동들의
가족 놀이터

지구별 악동들의 **가족놀이터**

초판 1쇄 인쇄_ 2021년 4월 10일 | 초판 1쇄 발행_ 2021년 4월 15일
글 · 그림_마음정원 | 펴낸이_오광수 외 1인 | 펴낸곳_새론북스
주소_서울시 용산구 한강대로 76길 11−12 5층 501호
전화_02)3275−1339 | 팩스_02)3275−1340 | 출판등록_제2016−000037호
E−mail_ jinsungok@empal.com
ISBN_978−89−93536−64−5 03810
※ 책 값은 뒤표지에 있습니다.
※ 새론북스는 도서출판 꿈과희망의 계열사입니다.
ⓒPrinted in Korea. | ※ 잘못된 책은 바꾸어 드립니다.

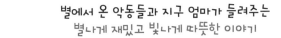

별에서 온 악동들과 지구 엄마가 들려주는
별나게 재밌고 빛나게 따뜻한 이야기

지구별 악동들의

가족놀이터

글 · 그림 **마음정원**

새론북스

쌍둥이로 출간했던 별의별 놀이터를 6년 만에 새로운 이름으로 출
간하게 되어 감회가 새롭습니다. 각기 다양한 이유로 별의별 놀이
터를 사랑해 주시고 함께 즐겨주신 분들께 진심으로 감사의 마음
을 전합니다.

우리가 기대하지도 않았고 예상하지도 못했던 펜데믹 시대를 살
아내고 있는 지금, 가족 안에서의 소통이 긴요히 필요해진 때라고
생각합니다. 유치원과 학교라는 공간에서의 시간이 가정으로 옮

겨 온 교육이라는 부피를 무엇보다도 부모와 자녀가 슬기롭게 채워가야 하는 때이기도 합니다.

그러하기에 여러분들이 함께 하는 시간을 지치지 않고 소중한 마음으로 차곡차곡 간직하시기를 바라는 마음으로 개정판을 내게 되었습니다.

함께 하는 사이에 즐거움이 채워질 수 있는 가장 좋은 방법은 서로 상대의 시선에서 세상을 바라보는 것이라 생각합니다.

특히 세상에 대한 호기심으로 가득한 아이들의 마음을 배울 수 있다면 어른들은 생각보다 많은 것을 얻을 수 있습니다. 아이와 보내는 시간은 휴식이 될 수 있고 창조적 발상의 기회가 될 수 있습니다.

어른이 되어 일정한 틀을 마련하고 그 범주에서만 세상을 판단하고 이해하다 보면 쉬이 지치고 삭막해지지요.

몸을 낮춰 아이와 눈을 마주해 보세요.

본 책은 아이들이 비슷한 또래의 이야기 속에서 공감하고, 부모님들은 아이들의 생각을 엿볼 수 있는 하나의 매개가 되었으면 하는 마음을 담아, 실제 저희 가족이 아이들과 나누었던 경험들을 발췌하여 구성한 것입니다.

아이들과 함께 하는 시간의 갑작스러움에 당황스러우시다면 이 책의 아무 페이지나 펼쳐 보시고 마음에 드는 주제를 아이들과 직접 나누어 보시기를 권합니다. 시인과 같은 풍성한 이야기들을 만들어 내는 아이들의 놀랍고도 해맑은 지혜에 경이로움을 느끼시게 될 것입니다.

그것이 바로 우리가 가정에서 아이들과 서로 배우고 성장하는 교육의 시작이 아닐까 싶습니다.

익숙함이 그립고 낯선 것에 익숙해져야 하는 과도기 속에서 우리 모두 서로 의지하고 격려하면서 새로운 지혜를 마련하기 바랍니다.

아이들은 훌륭한 주체이자 능동적 존재입니다.

부모가 아이를 있는 그대로 바라보고 충분한 마음으로 소통한다면 아이들은 몸과 마음이 건강한 어른으로 성장해 갈 것이라 믿습니다. 가족 안에서 사랑을 받고 즐겁게 놀다 보면 아이들은 어느새 훌쩍 커서 부모의 품을 떠나는 때가 옵니다.

지금 여기의 세상에 대한 애정으로 흠뻑 함께 하세요. 우리의 가족 놀이터에서 배움을 찾으면서 같이 하는 가치를 느끼실 수 있기를 소망합니다.

마음정원 DREAM

CONTENTS

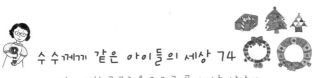

수수께끼 같은 아이들의 세상 74
— 세상에 대한 궁금증을 퀴즈로 풀어 가는 삼남매

모든 강은 축구바다에서 만나다 ★ 6+6=? ★ 윤호의 퀴즈 1 ★ 윤호의 퀴즈 2 ★ 윤호의 퀴즈 3 ★ 윤호의 퀴즈 4 ★ 진호의 질투 어린 퀴즈 ★ 퀴즈 탐험 진호의 세계 ★ 시청 앞 지하철역에서 (지하철 집중 탐구) ★ 山(산)에 관한 퀴즈 ★ 돈이 들어 있는 수수께끼 ★ 크리스마스 1 (사심과 진심의 공존) ★ 크리스마스 2 (뉴스의 위력) ★ 크리스마스 3 (산타할아버지한테 보내는 편지) ★ 크리스마스 4 (산타할아버지는 날아다니지) ★ 크리스마스트리 장식은 삼남매에게 맡겨라!

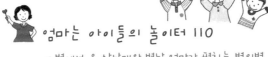

엄마는 아이들의 놀이터 110
— 별에서 온 삼남매와 별난 엄마가 펼치는 별의별 놀이들

걸음아, 날 살려 줘! ★ 母出於子(모출어자) 색칠공부 ★ 유아기의 폭발 수다 ★ 하늘에서 굴껍질이 내려요 ★ 사치기 사치기 사차뽕 ★ 동계올림픽은 우리 집에서 1 ★ 삼남매 월드컵 시상식 ★ 동계올림픽은 우리 집에서 2 ★ 삼남매 올림픽 ★ 첨성대는 뭐하던 곳일까? ★ 그림자 인형극 ★ 인체에 적용되는 탄성력 ★ 마시멜로 이야기 ★ 반장선거도 선거니까 ★ 내면서 가장 신이 나는 세금은? ★ 코로나가 찾게 해준 실내 놀이 ★ 몸소 실천하는 한자 공부

대가족 속의 삼남매 152

– 관계 형성이 다양한 대가족 안에서 벌어지는 색다른 경험들

아이들의 눈에 비친 세상 218

– 삼남매의 시선으로 재해석된 세상 모습

어빵에는 붕어가 안 들어 있다 ★ 아이스크림을 먹는 적절한 시기는? ★ 유사품에 유의하세요! ★ 치아의 각기 다른 역할 ★ 악몽 ★ 그들만의 세상 ★ 모기와 파리의 동료애 ★ 긴장 ★ 착한 아이도 안경을 쓴다 ★ '나쁘다'의 반대말은? ★ 욕의 始發(시발)점은? ★ 일곱 빛깔 무지개 ★ 음식 편지 ★ 바람 맞은 시인 ★ 진호가 알아 버린 여자의 마음 ★ 성은 '이'요, 이름은 '진호' ★ 가을 고추 말리기 ★ 엄마한테는 없는 고추 ★ 사이다에 들어 있는 것은? ★ 코가 찍찍거리는 것을 없애는 최적의 처방 ★ 고양이 세수란? ★ 1+1=? ★ '참'인 명제의 역이 반드시 '참'은 아니다 ★ 진호가 만든 방범 장치 ★ 넌, 차남이야 ★ 소화기와 소화제의 공통점 ★ 오늘의 날씨는? ★ 그들만의 포즈 ★ 스타킹, come in

마음 정원을 가득 메운 따스한 햇살 278

- 아이들의 사랑스러운 마음이 전해 준 따뜻하고 행복한 시간

삼남매의 사계절 ★ 삼남매를 위한 동화 ★ 진호의 세레나데 ★ 따뜻한 말 한마디 ★ 엄마 마중 ★ 발가락 얼굴 ★ 가상 친구 만들기 ★ 왈왈이 베개 ★ 엄마의 사랑을 확인하는 아이 ★ 물고기는 죽으면 어디에 묻어야 하지? ★ 배려를 배워 가는 소미 ★ 소미는 라디오 DJ ★ 백 점이라고 써 줄게 ★ 이심전심 ★ 용서하는 子 ★ 사랑의 무게 ★ 검정 봉지의 눈 ★ 시력과 시선 ★ 시멘트 속에서 핀 민들레 ★ 내가 알고 있는 걸 당신도 알게 된다면 ★ 현재는 선물이다

REVIEW 332

The Star brothers and sister

삼남매와 가족 소개

삼남매

소미

낙천적인 성격의 소유자.
종이접기, 그림그리기, 요리를 좋아하는 아이.
웃으면 눈이 반달 모양이 되어서 보는 사람도 같이
웃게 되는 웃음 아이콘.
커 가면서 엄마와 여자로서 대화할 수 있는 믿음직한 나의 큰딸.

윤호

밤송처머리
= 오빠야 머리

적극적인 성격의 소유자.
바둑과 축구, 퀴즈를 좋아하는 아이.
좋아하는 일을 할 땐 밥 먹으라고 하는 소리도 못 들을 만큼
몰두하지만, 한번 장난기가 발동하면 온 집안을 아수라장으로
만드는 멀티플 소년이다.
엄마가 세상에서 가장 예쁘다고 말하는 '엄마바보'인 나의 둘째.

진호

자상한 성격의 소유자.
바라보면 이유 없이 웃음 지어지는 천진난만한 아이.
온 세상을 동화나라라고 착각하며 살고 있다.
친구가 비를 맞는 것을 보면 하나밖에 없는 우산도 양보할 줄 아는 따뜻한
마음을 가졌지만, 누님과 형님에게는 생떼를 피우는 우리 집 막내둥이.

지구별 아들들의 가족놀이터

엄마 태양과 삼남매 행성

"얘들아, 엄마 이름의 끝자가 뭐지?"

"선이요!!!"

"그럼 '선(sun)'이 영어로는 무슨 뜻이지?"

"태양이요!!!"

"그래, 그래 맞아. 그럼 엄마는 곧 뭐다?"

"태양이요!!!"

"그렇지, 그렇지.
엄마는 태양이고,
너희는 내가 이끄는 태양계에 소속된 행성들이야. 알았지?

하지만 언젠가 너희들도 스스로 빛을 발하며
많은 행성들에게 빛과 따스함을 주는 태양 같은 별이 될 거야.
알겠느냐?"

"네!!! 태양님, 충성!!!"

삼남매, 조직을 형성하다

윤호는 소미를 '누님'이라고 부른다.
말 배울 때 어른들이 장난으로 '누님'이라고 해보라고 했는데,
윤호는 그 이후로 지금까지도 소미를 꼭 '누님'이라고 부른다.
소미 이외의 나이 많은 여자 아이는 그냥 '누나'이다.
소미는 윤호에게 이 세상의 유일한 '누님'인 것이다.

소미와 윤호가 대화하는 것을 듣다가 '누님'이란 호칭이 나오면
지나가던 사람들도 웃고 간다.

그리고 윤호는 진호에게 말할 때 꼭 이렇게 말한다.
'형님이 해줄게. 형님한테 인사해 봐.'

그래서 진호도 윤호한테 대들고 따지면서도,
꼭 '형님'이라고 부른다.

소미, 윤호, 진호가 대화하는 소리만 들으면,
우리 집은 말 그대로 하나의 '조직'인 셈이다.

The Star brothers and sister

엉뚱하고 발랄한 악동들의 이야기

아이들의 엉뚱함에서 나오는 기상천외한 발상들

앵그리 애플

엄마! 사과는 왜 빨갛게요?

글쎄…….

angry apple

그건 말이에요.

사과가 angry해서 그런 거예요.

앵그리 버드에 푹 빠진 윤호.

지구별 악동들의 가족놀이터

양치질 독립의 두려움

조기를 다듬고 있는 할머니 옆에서 한참을 서 있던 소미.

소미 : 조기*는 왜 입을 벌리고 있을까~요?

엄마 : 피곤해서 입 벌리고 자는 거 아닐까?

할머니 : 하품하는 거 아닐까?

소미 : 땡! 땡!! 땡!! 치카치카 해달라고 하는 거라고요.

양치질 혼자하기가 아직 버거운 소미.

양치질 독립 이틀째인 소미에게 보이는 것들은 모두 치아와 칫솔.

* 조기 : 조기는 민어과에 속하는 바닷물고기로,
이빨이 있긴 해도 양치질은 하지 않는다고요.

화장실이 왜 필요하지?

돌이 막 지나자 진호는 부쩍 나와 떨어지지 않으려 한다.
함께 놀아 주다가 잠깐 화장실에 가려는데, 이를 눈치 챈 진호가
떼를 부린다.

어머님이 "에미 쉬하러 갔어. 쫌만 기다려라."
하시며 진호를 달래는 동안,
나는 종종걸음으로 화장실을 향해야 했다.

화장실에서 나와 서둘러 진호에게 갔더니, 진호가 나에게 기저귀
를 내미는 것이다.

"어! 어!(엄마 제 기저귀 빌려 드릴까요?)"

뭐야? 엄마보고 기저귀 차라고?

두 살배기의 엄마는 화장실 갈 시간도 없다.

진정한 휴대 화장실
기 . 저 . 귀 .

엄마의 약점

나는 늘 아이들에게 말한다.

"엄마는 너희들이 행복했으면 좋겠어.
너희들이 행복한 모습을 보면, 엄마도 행복해진단다."

오늘 아침,  윤호는 기분 좋게 블록을 갖고
공룡터널을 만들고 있다.
그러더니 나에게 연두색 자동차와
장난감 사람을 찾아 달라고 요청한다.

"윤호가 직접 찾아보면 어떨까?"

" 엄마가 안 찾아 줘서 오늘은 슬픈 날이 될 거예요.
오늘 윤호는 행복하지 않아요.
저희가 행복하기를 바라신다고 해놓고선……."

나의 행복이 이렇게 반격될 줄이야.

베개야, 말 좀 해봐

어머님이 외출로 밤늦게 오시는 날이다.

진호가 하도 칭얼대어, 나는 소미를 혼자 눕혀 놓고 진호를 업은 채 마당을 몇 바퀴씩이나 돌고 들어와야 하는 상황이었다.

"소미야, 잠깐만 기다려. 엄마가 진호 잠들면 바로 들어올게. 할 머니도 곧 오실 거니까 조금만 참으면 돼. 우리 소미는 울지 않고 있을 수 있지?"

10여 분정도의 시간이었을 것이다. 하지만 여섯 살 아이에게는 그 시간도 길었으리라 싶어, 진호가 잠들자마자 들어와 눕혀 놓고 소 미에게로 부리나케 달려갔다.

"소미, 혼자 있는 거 괜찮았어? 엄마가 재워 줄게."

"엄마, 사실은요. 할머니는 아무리 기다려도 오지 않는 거예요. 그래서 너무 심심하고 얘기할 사람도 없어서 베개와 대화를 했어요!"

"아, 그래? 와! 멋지다, 우리 소미. 뭐라고 대화했는데?"

"음…… 어떻게 대화했냐면 말이에요. 내가 먼저 '베개야, 할머니는 언제쯤에나 오실까?' 하고 물었지요."

"아…… 그랬더니, 베개가 뭐래?"

"엄마도 참, 말이 그렇지. 베개가 대답을 하겠어요?
사람도 아닌데?"

엥? 소미가 한 수 위였어. 흐흣.
엄마를 들었다 놨다 하는 소미.
소미한테 오늘 한 방 먹었다.

↙입 앙다문 베개

And.

어서
말을 하란
말이야!!

지퍼 →

난 절대
말 못해.

가나는 깜깜해요

대한민국과 가나의 축구경기를 보다가 윤호가 질문한다.

"엄마, 저 나라 선수들은 왜 얼굴이 깜깜해요?"

"응, 그건 말이야. '가나'라는 나라는⋯⋯."

나는 인종에는 백인종 · 황인종 · 흑인종이 있다며, 장황하게 설명하려던 참이었다.

그때 소미가 끼어들며 자신 있게 대답한다.

"그건 말이야. 가난하니까 그렇지. 가난해서 전기가 없어서 그래!"

소미는 '가나'를 '가난'이라고 들었던 것이다.

윤호가 '얼굴이 검다는 것'을 '깜깜하다'라고 표현하니까 소미로서
는 그렇게 생각되었나 보다.

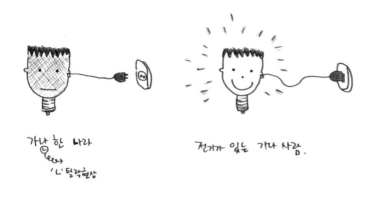

가난 한 나라

'ㄴ' 털적현상

전기가 있는 가난 사람.

맞긴 맞네. 가난한 시절엔 전기가 없어서 깜깜했지. And.

눈사람 얼굴이 빨간 이유

아이들에게 눈사람 그림을 주고 색칠을 해보게 했다.
나는, 아이들이 당연히 흰색, 노란색, 회색 정도의 색을 칠할 거
라고 생각했는데,
윤호의 눈사람은 예상외로 색이 알록달록 했다.

"윤호야, 이 눈사람 얼굴은 왜 주황색이야?"
"주황색 선크림을 바른 거예요."
"아……."

나는 점점 재미가 돋아서 물었다.

"이 눈사람은 왜 여러 가지 색깔이야?"
"퍼즐 눈사람이거든요."
"아, 그렇구나."

지구별 악동들의 가족놀이터

"그럼 이 눈사람은 얼굴이 왜 이렇게 빨갛니?"

"아, 그건요······."

"그래, 왜 빨간 거야?"

"이 눈사람은 아토피에 걸렸거든요."

퍼즐눈사람   아토피눈사람   주황선크림눈사람

우렁이 찬 이유

윤호는 어머님이 끓여 주시는 우렁된장국을 좋아한다.
우렁이를 볼 때마다 윤호는 묻곤 한다.

"엄마, 〈우렁각시〉라는 동화책이 있잖아요.
그 우렁각시가 제가 먹는 우렁하고 똑같나요?"

오늘 저녁 식사 때도 우렁된장국을 먹었다.
된장국의 우렁이를 건져내어 한참을 살피더니,
갑자기 윤호가 묻는다.

"엄마, '우렁차다'고 할 때의 '우렁'이
우렁된장국의 '우렁'과 같은 우렁이에요?"

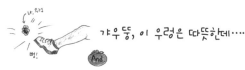

갸우뚱, 이 우렁은 따뜻한데……

동시에 도착하다

소미가 동시를 지었다며, 내게 스윽 내밀었다.
내가 잘 지었다고 칭찬하는 모습을 보던 윤호가 샘이 났나 보다.
그러자 윤호는 '동시'가 뭐냐고 묻는다.

나는 이렇게 대답해 주었다.
"동시는 말이야. 어린이의 마음을 담은 시야.
여기서 '시'라는 것은 짧은 글로 마음을 담은 글을 말해."

한참을 생각하던 윤호가 다시 묻는다.

"그럼, '윤호와 진호가 집에 동
시에 도착하다.'라고 말할 때
의 동시하고 같나요?"

하루방의 뜻

비행기를 타고 싶다는 윤호의
간절한 소망을 들어주기 위해
게르만족의 대이동이 있었던
제주도 여행의 날.

우리는 제주도에 대해서 알아보기로 했다.
한라산에 대해서도 이야기해 보고,
제주도의 특징들을 이야기하다가
현무암과 하루방이 유명하다는 대목에서,
아이들이 하루방은 알겠거니 하고 질문을 했다.

내가 물었다.

"하루방이 뭐게?"

진호는 자신에 찬 목소리로 말했다.

"할아버지 방이요!"

윤호는 사뭇 진지한 표정으로 유추해 냈다.

"하룻밤 자는 방이요."

"다들 정답은 아니어도 꽤나 그럴 듯하네!"

가족일동의 플래카드

남편이 일주일 출장을 마치고 돌아오는 날.
어머님께서 아들이 오는 반가움을 장난스럽게 표현하시느라,
"플래카드라도 만들어 환영해야 하는 거 아니냐?"고 하신다.
할머니 명령을 받들어 삼남매의 행동개시! 물론 총 지휘는 내가!

"얘들아, 공원에서 플래카드 본 적 있지? 양쪽에 '아빠의 귀가 환
영'이라고 쓰고, 밑에 작은 글씨로 '우리 집 가족일동'이라고 써라."

그렇게 플래카드 만들 준비를 하고 있는데, 어머님의 추가 주문이
이어졌다.

"하나 더 만들어라. '장하다, 우리 아들 어서 와라!'고 말이야."
"네!"

할머니의 주문에 맞추어 플래카드를 제작하느라 삼남매의 고사리
손이 분주하게 움직인다.

잠시 후, 아이들이 완성했다며 보여 준 플래카드를 보고 나는 웃
음이 빵 터졌다.
내가 아이들이 만든 플래카드를 보여주자 어른들도 한참을 웃었다.

아이들은 플래카드를 높이 들고 서서는 영문도 모르면서 덩달아
웃는다.

이렇게 쓴 플래카드를 들고서 말이다.

진호의 19금 고추 마술

.

엄마, 제가 마술을 해볼게요.
없었던 게 다시 생기는 마술이에요.

자······ 고추가 사라졌지요?

짜잔~ 있죠?

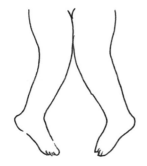

진호의 19금 마술

꿈 많은 소년(세븐 잡스)

유치원에서 소방서 견학을 다녀온 날, 윤호가 자신은 커서 소방관
이 되겠단다.
나로호 발사에 실패했을 때에는 과학자가 되어 꼭 로켓발사를 성
공시킨다고 했다.
그리고 TV에 나온 손흥민을 보더니, 축구선수가 되겠단다.
아빠처럼 선생님도 되고 싶단다.
그림에 재미가 붙은 요즘에는 만화작가를 해보면 어떨까 생각 중
이란다.

지구별 작품들의 가족놀이터

바쁘다 바빠~~ 흑.

그러더니 오늘은 느닷없이 농부가 되어야겠다고 한다.

유치원에서 고구마를 캤나?

그래서 좋은 고구마 수확을 연구하는 농부의 꿈을 추가한단다.

"소방관이자 과학자이자 축구선수이고 만화작가이신 농부 선생님! 헥헥!
윤호야, 그걸 언제 다 하려고? 너무나도 바쁘겠다."

"요일마다 바꿔서 하면 돼요. 월요일에는 경찰관하고, 화요일에는……"

매 안 맞는 방법도 여러 가지

슬슬 말 안 듣는
미운 일곱 살에 접어드는 윤호.
빼질빼질, 어쩜 이럴 수 있나
싶을 정도로 정말 말을 안 듣는다.
이번 주말에도 역시나
세 녀석 모두 말썽만 피운다.

놔두면 안 될 성싶어 매를 들고
세 녀석들 모두 내 앞에 불러 앉혔다.
나는 한껏 인상을 쓰고 혼낼 준비를 하는데
윤호가 진지한 얼굴로 나를 바라보며 하는 말,

"엄마는 왜 화를 내도 예쁜 거예요?"

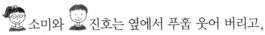소미와 진호는 옆에서 푸흡 웃어 버리고,
윤호는 느끼는 대로 말했을 뿐인데
왜 그러냐는 식의 표정으로 앉아 있다.

거참, 이 상황에 웃음이 나와서
어디 혼을 낼 수가 있어야지.
요 녀석, 매 안 맞는 방법을 제대로 알았군.

근데, 윤호야!

네 눈에는 정말 엄마가 화내도

예뻐 보이니? 히히^^

적절한 언어 구사력은 어디까지인가

아랫니 두 개를 뽑은 진호

이가 없으니 사과도 옆으로 깨물어 먹어야 해요.
어른이 되는 데는 불편함이 따르네요.

그러나 무엇보다도
말을 할 때 앞니가 없으니 쓸쓸해요, 엄마!

흐흣~ 그럴 땐 허전하다고 하는 게 맞지 않을까?

함께했던 친구가 없어져서
다른 이(치아)들이 쓸쓸하다고요, 엄마!

그들의
빈자리...

아! 쓸쓸한 게 맞네.
쓸쓸한 거네.

공격하라!

엄마, 이 크레파스들 지금 대결 중이에요.
크레파스는 공격을 준비하고 있어요.

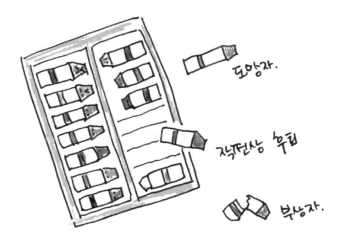

도망자.

직탁편상 후되

부상자.

AND

아마추어와 프로 사이

마무리해야 하는 허드렛일이 많아 집에 서류를 챙겨 와 일을 하고 있던 어느 날.

서류에 '원본대조필'을 찍고
작업하는 것을 볼 용호.

저는 1급인데, 엄마는 7급이세요?
엄마는 아마 7급이세요?
프로 7급이세요?

프로라고 할 수 있지. 헤헤~
이래봬도 국가가 공인한 7급이라고~ ^^

그럼, 엄마가 여섯점 깔고
저랑 한 판 두실래요?

16점 깔아도
이길까 말까인데...

사실은 말야, 엄마는 ~~~~

7급 공무원 이라고 ^^

50

학교에서 가장 인기 있는 시간은?

소미와 슈퍼를 갔다가 우연히 소미의 유치원 때 친구를 만났다.

"○○아, 학교생활 재밌어?"

"네!"

"씩씩하게 대답하는 걸 보니, 정말 재밌나 보구나?"

"네!"

"어떤 시간이 가장 재미있어?"

"쉬는 시간이요."

"아~ 맞다. 그렇겠네."

시간표에는 없지만 분명히 있는 시간,

쉬는 시간 And.

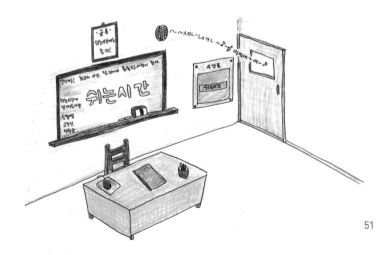

바르게 자라거라

윤호를 재우면서 마무리에 이렇게 말했다.

"윤호야, 잘 자. 엄마는 멋지고 훌륭한 윤호를 사랑해.
건강하고 바르게 자라거라."

"엄마, 만약에 거꾸로 자라면 어떻게 돼요?"

그냥 바르게 자라는 게 좋을걸?
거꾸로 자라려면 너도 꽤나 힘들거야.

지구별 악동들의 가족놀이터

엉뚱함에 대한 엉뚱한 이해

윤호가 팔짱을 끼고 어이없다는 듯 진호를 바라보며 말한다.

"진호야, 너 진짜 엉뚱하다."

이 말을 듣던 어머님은 네 살 된 윤호가 '엉뚱하다'라는 말의 뜻을 알고 쓰는지 궁금하여 물으셨다.

"윤호야, 너 엉뚱하다는 게 무슨 뜻인지 알아?"

"리모컨 가져오라면 전화기 가져오고, 빵 사 오라면 껌 사 오고, 책 보라면 밥 먹고…… 그런 걸 엉뚱하다고 하는 거예요. 근데 진호가 로봇 가져오랬더니 자동차를 들고 왔잖아요. 참으로 엉뚱한 진호예요."

이건, 변신 로봇이라고!

변신로봇?

모기야, 오디를 먹어 보렴

어머님 친구 분이 오디를 직접 따서 가져오셨다.

입이 까매지도록 집어 먹던 윤호가 묻는다.

"할머니, 정말 맛있어요. 이거 이름이 뭐예요?"

"오디라는 열매인데, 몸에 좋은 거야."

"몸에 어떻게 좋아요?"

"피를 만드는 데에 도움을 준단다."

"그럼, 모기는 사람 피를 먹지 말고 오디를 먹고 피를 만들면 될 텐데 왜 사람을 물어서 귀찮게 하는 걸까요?"

오디.　　　모기　　　・사람.

A :

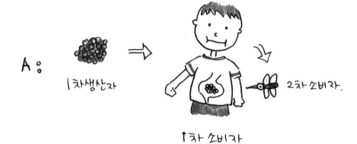

Ⅰ차생산자

2차소비자.

Ⅰ차 소비자

B :

최종소비자.

Ⅰ차생산자

모기가 오디를 먹으면, 모기는 최종 소비자, AND。

모기에게 오디를 먹으라고 알려 줘야지!

본질을 잃어버린 미장원

진호가 세 살 때만 해도 진호 데리고 미장원에 다녀오는 날이면 나는 어김없이 몸살이 났다. 미용사가 진호의 머리에 손만 대도 몸부림 치고 울었기 때문이다.

진호가 움직이지 못하게 내가 진호의 팔을 누르면 미용실 원장님은 머리를 깎고, 잠시 쉬었다가 다시 내가 진호의 몸을 고정시키면 깎고, 업어서 깎았다가 안고 깎았다가…… 아휴, 진호의 머리를 깎으려면 전쟁이 따로 없었다.

어느덧 여섯 살이 된 진호.

머리 깎는 동안 만화만 틀어 주면, 얌전히 앉아 머리를 잘 깎는다.

이제는 몸부림치는 일도 없다.

가위를 대도 절대 울지 않는다.

그런데 한 가지 난코스가 남았다.

바.리.깡.

미용사가 바리깡을 켜고 머리에 대면 진호는 바리깡의 윙— 하는
소리에 이렇게 말한다.

"아줌마(진호는 아줌마 발음을 꼭 이렇게 한다), 만화 소리 안 들리잖아요.
좀 조용히 해주실래요?"

이진호 군!
미장원은 만화 보는 곳이 아니라
머리 깎는 곳입니다.

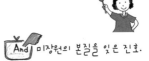

And 미장원의 본질을 잊은 진호.

고향 가는 기차

서울 친정집에서 연휴를 보내고 익산으로 내려오는 길.
익산으로 돌아오는 기차에 올라타자, 윤호가 하는 말

"사촌 동생들과 헤어지니까 많이 아쉽기는 하지만,
고향으로 돌아가니까 좋기도 하네요."

여섯 살짜리 입에서 고향이라는 말이 나오니,
그 느낌이 참 묘하네.

'윤호 어르신! 고향 떠나 타지에서 잘 지내다 오셨는지요?'

윤호가 축구를 배워야 하는 이유

엄마, 바둑을 배우니까 머리는 좋아지는 거 같은데
단점이 하나 있어요.
계속 앉아 있으니 체력이 약해지는 거 같아요.
그래서 축구교실을 다녀야겠어요.
축구교실 보내 주세요!

결국,

엄마 설득 당하다!

한손에는 바둑을
다른발에는 축구공

智 德 骨豊.
지덕체를 겸비해 보자!
의지 불론!!

바둑알 변신 축구공...

흑과 백

 중 A nd

1요일

윤호의 일기장을 펼치니
'3월 4일 1요일'이라고 쓰여 있다.

글씨 쓰기가 귀찮아진 요즘의 윤호.
한 획이라도 덜 쓰려는 속내가 보였다.
마음으로는 발칙하다는 생각도 들고, 귀엽기도 하며 웃음이 났
지만, 일부러 고쳐 쓰기를 권해 보았다.

"윤호야, 지우고 다시 쓰렴. '일'요일이라고 써야지~!"
지우개를 건네는 나에게 윤호가 하는 말.

"엄마, 지우개는 필요없어요!"

'씁~~~ 요녀석 벌써 반항인가?

 이렇게 쓰려는 걸까?'

일

애써 태연한 척, 윤호 옆에서 나는 물었다.

"지우개 없이 어떻게 쓰려고 하니?"

"이렇게 하면 돼요~!"

티 요일

"엄마는 너에게 두 손 들었다!!!" And

현忠일 vs 현蟲일

오늘은 현충일.

집에서 장수풍뎅이 한 쌍을 키우게 된 후, 아이들은 부쩍 곤충에 관심이 많아졌다.

오늘은 아이들이 〈곤충도감〉, 〈장수풍뎅이와 사슴벌레〉와 같은 곤충에 관한 책들만 골라 읽는다. 그러더니 장난감으로 더듬이를 만들어 머리에 두르고 놀기까지 한다.

장수풍뎅이 암컷, 수컷, 사슴벌레의 더듬이를 구별해서 만들었는지, 각자 다른 모양의 더듬이를 머리에 쓰고 있다.

아이들 눈에는 모든 게 곤충으로 보이나 보다.

보자기는 곤충의 날개. 부엌의 채는 곤충 채집 망.

거실을 온통 곤충과 관련되는 것으로 늘어놓아서 내가 물었다.

지구별 아들들의 가족 놀이터

"너희들 오늘의 놀이 주제는 '곤충'이구나?"

"오늘 현충일이잖아요. 우리에게 오늘은 벌레를 기념하는 날이에요. 우리가 말하는 '현충일'은 '벌레 충자'로 이루어져 있어요."

에구궁~ 모든 게 벌레로 보이는구나.

귀여운 나의 삼·엽·蟲들!

* 삼·엽·蟲들 : 세 명의 엽기 벌레들, 소미·윤호·진호.
* 삼엽충 : 화석에 의해 발견된 고생대의 캄브리아기에 생존하였던 절지동물.

벅스라이프. 蟲nd

꽃 계장님

휴일에 당직을 하는 날이면, 가끔은 세 녀석을 사무실에 데려가 함께 시간을 보내기도 한다. 아이들은 수없이 많은 컴퓨터에 놀라고, 문구류가 많은 것에 놀란다. 엄마가 일하는 곳이 마냥 신기하다는 눈빛들로 초롱거린다.

내가 일을 하는 동안 아이들은 책을 보기도 하고, 그림을 그리기도 하면서 시간을 보낸다. 때로는 내가 아이들과 카드놀이를 하며 놀아 주기도 한다. 그렇게 아이들과 놀고 있는데, 마침 계장님이 챙겨갈 게 있다고 하시며 잠깐 들르셨다.

"얘들아, 계장님이셔. 인사하거라."

그랬더니 윤호가 내 귀에 대고 묻는다.

지구별 악동들의 가족놀이터

"엄마, '꽃게장' 할 때 그 '게장님'이세요?"

속삭이듯 말했지만, 그 자리에 있던 모든 이들은 이 말을 듣고야
말았다.
이 말을 들으신 계장님, 센스 있게 이렇게 대답하셨다.

"어, 나는 돌게장이 아니고, 꽃게장이야."
하시며, 옆으로 걸어가셨다. 뒤뚱뒤뚱.

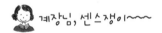 계장님, 센스쟁이~~

물총놀이 1

나는 마당에서 빨래를 널고 있었다.
소미, 윤호, 진호는 뭔가 부산을 떨더니,
빨랫줄에 종이 세 장을 걸어 놓고 물총게임을 시작한다.

종이를 먼저 떨어뜨리거나
종이가 먼저 찢어지면 이기는 게임이다.

나도 어느새 빨래 너는 것을 잊고
누구의 종이가 먼저 떨어질까 지켜보고 있었다.

마침 소미 물총에 물이 떨어졌나 보다.

이걸 감지한 윤호가 여전히 자신의 과녁 종이에 물을 쏘면서 하는 말.

"누님, 얼른 총알 채워 와."

삼남매는 입 앙다물고 열심히 종이에 물 총알을 쏘고 있다.

물총놀이 2

함께 일하는 동료직원이 퇴근길에 집 앞까지 데려다 주던 날이었다.
물총을 들고 마당에서 놀던 세 악동들은 차 안에 있는 나를 발견하
고 차를 향해 달려오면서 외친다.

　"엄마다!"

그러더니 윤호가 말한다.
　"엄마가 포위되었다. 공격하라!"

윤호가 이 말을 외치자,
소미와 진호는 내가 타고 있던 직원 차를 향해 물총을 쏘아 댔다.

엥? 포위는 뭐고 공격은 웬 말이래.
그나저나 직원 분께 죄송해서 어쩌나……

진땀해서
어쩌나 ~~ --
대략난감.

"얘들아, 그! 만! 해!"

직원은 무척이나 마음이 넓으신 분이다.

"괜찮아요. 엄마 납치할까 봐 아이들이 지켜 주려나 봅니다.
든든하시겠어요. 하하하!"

그렇게 웃으며 나를 내려 주고 가는 직원에게

안 그래도 죄송하고 고마운 마음인데,

윤호는 곧이어 또다시 2차 명령을 내린다.

공격하라~

"적군이 도망간다. 놓치면 안 된다. 생포해야 한다. 끝까지 쫓아가라!"
물총을 쏘며 직원 차를 따라 달려가는 윤호와 진호.

아이고~ 못 말려. 도대체 장난의 끝은 어디인가요? (And)

비디오 판독 요청

지구별 아들들의 가족 놀이터

분명히 공이 금안으로 들어갔어.
들어갔다가 나온거라고. ♡

내가 분명히 손으로 막았어.
망이 찢어져서 그리로 들어온거야. ♬

계속되는 다툼.
형제의 승부욕 대결.
흑~T.T

엄마,
비디오판독 요청이요. ♬

OK! 나는 공정해요. ♬
내가 해결해주마. 키 And

독수리 삼남매

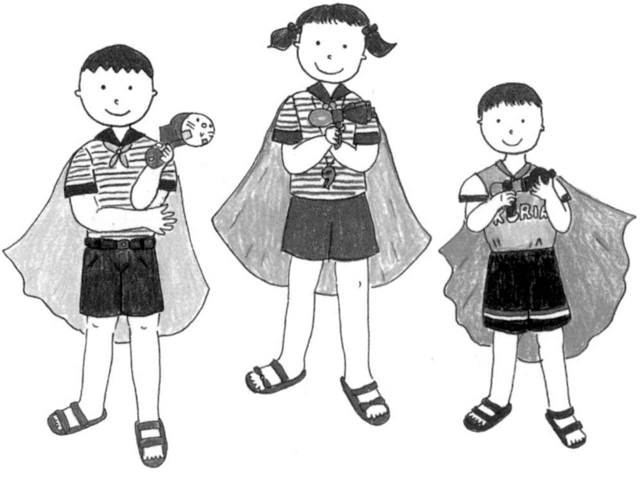

보자기 둘러 쓴 독수리 삼남매. AnD

The Star brothers and sister

수 수 께 끼 같은 아이들의 세상

세상에 대한 궁금증을 퀴즈로 풀어 가는 삼남매

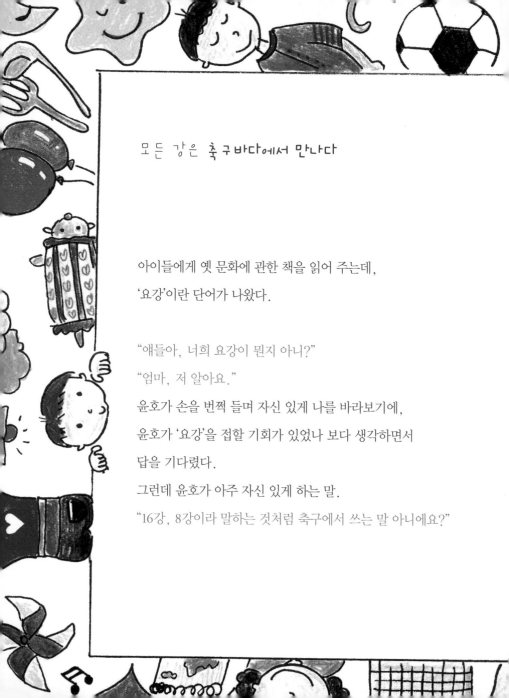

모든 강은 축구바다에서 만나다

아이들에게 옛 문화에 관한 책을 읽어 주는데,
'요강'이란 단어가 나왔다.

"애들아, 너희 요강이 뭔지 아니?"
"엄마, 저 알아요."
윤호가 손을 번쩍 들며 자신 있게 나를 바라보기에,
윤호가 '요강'을 접할 기회가 있었나 보다 생각하면서
답을 기다렸다.
그런데 윤호가 아주 자신 있게 하는 말.
"16강, 8강이라 말하는 것처럼 축구에서 쓰는 말 아니에요?"

손흥민처럼 축구선수가 되겠다며 축구에 온통
마음을 빼앗긴 윤호.

그래서인지 요즘 뭐든지 축구와 연관 짓는구나.

16강, 8강, 4강, 그 다음은 要강???

그라제, 결승전이 중요한 경기인 것은 맞제!
'결승전 = 要강전'  要강전 And

영청 중요한 경기죠

끝으로, 대한민국 대 일본의
要강전이 시작됩니다.

6+6=?

퇴근하여 신도 안 벗은 나에게 윤호는 뭔가 억울한 일이 있었는지
씩씩대며 말한다.

§

*D.S   "오늘 유치원에서 친구가 저한테 육 더하기 육 걸어서
정말 화가 났어요."

"뭐라고? 윤호야, 미안한데 엄마가 잘 못 알아들었어.
'육 더하기 육 걸었다'는 게 대체 무슨 말이야?"

"엄마도 참, 6 더하기 6이 뭐예요?"

"12. 아~!"

6+6=시비 *D.S   **마음정원의 친절한 조언** : 무슨 말인지 이해 안 가시는 독자분
                        들 다시 이 말을 대입해서 읽어 보세요. 큭 큭
                        *D.S(달세뇨) 음악 악보 기호로, '세뇨'로 돌아가서 연주하라는 뜻.

윤호의 퀴즈 1

"엄마,
'사공이 많으면 배가 산으로 간다.'를
두 글자로 하면 뭐게요?"

"글쎄?"

"정답은 '배산'이에요."

* 배산 : 익산 시내에 있는 유일한 산으로 해발 97미터의 작은
산이다. 봄에는 벚꽃 축제가 열리는 곳이기도 하다. 아이들이 오
르기에 좋아서 소미, 윤호, 진호가 주말마다 운동을 하러 간다.

배산. And.

윤호의 퀴즈 2

윤호는 퀴즈 맞히기도 좋아하고, 퀴즈 만들어 내는 것도 즐긴다.
오늘은 이런 퀴즈를 냈다.

 윤호 : 호랑이 더하기 호랑이는 뭘까요?

 아빠 : 어흥?

 소미 : 쌍둥이 호랑이?

 진호 : 아기 호랑이?

 엄마 : 두호(듀오)?

 할아버지 : 호랑이 부부?

할머니 : 호랑이 뻐드렁니.

 윤호 : 모두 땡! 정답은 '호랑사'입니다.

     가족 모두 : 엥? 호랑사?? 왜???

 윤호 : 호랑이가 두 개니까 호랑사이지요.

[풀이] 호랑2 + 호랑2 = 호랑4

요즘 손가락으로 덧셈공부하기에 여념 없는 윤호의 퀴즈.

맞히기 참 어렵네~!

윤호의 퀴즈 3

"엄마, 눈에서 뭐가 나오면서 바라보는 걸 뭐라고 하게요?"

"글쎄······."

"째려본다고 하는 거예요."

아······.

지구별 악동들의 가족놀이터

윤호의 퀴즈 4

버스 안에서 창밖을 내다보던 윤호가 갑자기 문제를 낸다.

 "오리 중에 가장 센 오리는 뭘까요?"

 "음, 글쎄……
아무리 생각해도 엄마는 모르겠는데?"

 "정답은 '회오리'예요."

"아! 그렇구나. 근데 이런 멋진 수수께끼를 어떻게 생각해 냈어?"

 "방금 지나갈 때 간판 이름에 '휘오리'가 있었어요. 그거 보고 생각이 났어요."

 아…… ^^

이 퀴즈의 재미는 다 내 Duck 이지~. And.

진호의 질투어린 퀴즈

"엄마, 방울뱀은 암컷이 소리를 내게요? 수컷이 소리를 내게요?"

"엄마는 모르겠는데? 우리 윤호는 이렇게 어려운 걸 어디서 알았어?"

윤호를 칭찬하자, 옆에 있던 진호가 샘이 났는지 무작정 퀴즈를
내보겠다고 큰소리를 친다. 퀴즈를 급조하는 동안 "음, 어······"
하며 서두가 길더니, 세 살짜리 진호는 결국 이런 퀴즈를 냈다.

"어~어, 으음······ 엄마, 사자가 무섭게요? 아니면 쥐가 무섭게요?"

'이게 질문이냐고!'

나는 진호의 질문을 듣고 웃음도 나고 어이도 없었다.
하지만 나는 아주 고민스러운 듯이 대답했다.

"음······ 사자가 아닐까?"

"딩·동·댕·동! 우와, 엄마는 어디서 이런 걸 알았어요?"

윤호에게 어디서 이런 어려운 걸 알았냐는 나의 말을 그대로 따라
하며 나를 칭찬하려 드는 진호의 깜찍한 질문에 미소가 지어진다.

엄마는 여기서 이런 걸 알았단다.
쥐도 진호 앞에서는 사자의 상대가 된다는 것을…….

퀴즈 탐험 진호의 세계

윤호가 퀴즈를 내면 진호도 뭔가 급조하여 문제를 만들어 내는 것
은 여전하다. 한층 성장했으나 여전히 황당한 진호의 퀴즈들. 그
래도 나름의 논리성이 조금은 들어갔다고 굳이 인정해 주어야 하
겠지?

"사자는 왜 빨리 달릴까~요?"
"글쎄……(몰라서 애타하는 표정으로)."
"말이 빨리 달리니까 잡아먹으려고 그러지요."
"아!"

"우리는 왜 지구에 살까요?"
"글쎄…… 지구가 둥글어서?"
"엄마가 지구에 사니까 저희도 지구에 사는 거예요."
"아…… ."

지구별 아들들의 가족놀이터

푸항, 할 말 없다.

"새는 왜 날아다닐까요?"

"글쎄…… 날개 자랑하려고?"

"땅에 걸어 다니면 사람이 밟을 수도 있으니까요. 새는 작잖아요."

어설프고 귀여운 진호의 황당 퀴즈들.
퀴즈 탐험 진호의 세계! AND

시청 앞 **지하철역에서** (지하철 집중 탐구)

익산에서는 타 볼 수 없는 지하철.
이번 서울 외갓집 나들이 때는 지하철을 타 보기로 했다.

지하철 표 사는 것부터 시작해서 노선 알아보는 것까지 설명해 주
며 지하철을 탔다.

아이들은 지하철이 신기한지, 계속하여 질문한다. 그 질문들은
정말 궁금해서 하는 건지, 말이 하고 싶은 건지 알 수 없는 세밀하
고 다양한 분야의 질문들이었다. 아이들은 용산역에서 수원까지
가는 내내 질문을 쏟아냈다.

지진 나면 어떻게 하는지, 대피는 어디로 하는지, 땅은 어떻게 파
는지, 지하철은 지하로만 다녀야 하는 건데 왜 지상으로 다닐 때
도 있는 건지, 기차에는 화장실이 있는데 지하철에는 왜 화장실이
없는지, 지하철을 만드는 비용은 얼마나 드는지, 기차나 지하철

을 만들려면 몇 명의 인원이 동원되는지, 지하철은 기차처럼 의자가 한 방향으로 있지 않고 왜 의자를 마주 보게 놓았는지, 등등.

오 마이 가스레인지(진호는 '오 마이 갓'을 이렇게 말한다. 진호 말 따라 하기. 큭큭)!
엄마가 답해 줄 수 있는 범위를 넘어선 듯해.
'내입어(naBer)' 🔍 에게 물어봐!

궁금 거리, 걱정거리가 많은 지하철 투어. 지하철 집중 탐구

山(산)에 관한 퀴즈

"엄마 우리나라에서 가장 큰 산은 어딜까요?"

"백두산? 한라산?"

"땡!"

"정답은요, 부산!"

"아······."

"음, 그럼 이번에는 맞춰 보세요.
냄새 나는 산은 어딜까요?"

"글쎄."

"변산이요."

"아!"

변산 면장님 오해하기 있기, 없기?

돈이 들어 있는 수수께끼

수업시간에 '수수께끼'를 배우는 시간이 있었나 보다. 퀴즈를 좋아하는 윤호는 이 단원을 배울 때 아주 신이 났다. 학교에서 수수께끼에 관한 공부를 하는 동안 윤호는 매일 수수께끼 만들기를 했다.

윤호는 '머니'가 들어가는 수수께끼 열 개를 만들어 보는 게 목표라며 머리를 짜내더니, 일주일 만에 '머니 수수께끼'를 완성했다.

하나. 도둑이 가지고 다니는 돈은?

정답 : 슬그머니

둘. 놀랄 때 쓰게 되는 돈은?

정답 : 에그머니

셋. 나를 낳아 준 사람에게 주는 돈은?

정답 : 어머니

넷. 아저씨를 부를 때 함께 내는 돈은?

정답: 아주머니

다섯. 여자가 나이 들면 갖게 되는 돈은?

정답 : 할머니

여섯. 학교 갈 때 갖고 가는 돈은?

정답: 신주머니

일곱. 시드니 갈 때 갖고 가는 돈은?

정답 : 호주머니

여덟. 여자가 결혼하면 저절로 생기는 돈은?

정답: 시어머니

아홉: 아빠가 엄마 몰래 갖고 있는 돈은?

정답: 뒷주머니

열. 내 앞에 있는 물건이 궁금하면 내야 하는 돈은?

·

·

·

·

·

·

정답 : 이건 머니 (이건 뭐니?)

THIS IS MONY

열 개 채우느라 용 쓴 티가 나는 건 머니?

This is Money.

크리스마스 I (사심과 진심의 공존)

"윤호야, 요즘 동생도 잘 데리고 놀고 많이 의젓해졌구나."

"크리스마스가 며칠 안 남았잖아요. 착한 어린이가 되어야 해요."

흑…… 윤호의 사심 -.-

산타 마을에 보내야 한다며 편지를 쓰고 있는 윤호.

윤호 편지에는 산타할아버지가 쉬어 가기를 바라는 따뜻한

마음이 담겨 있다.

음…… 윤호의 진심 ^^

크리스마스 2 (뉴스의 위력)

소미 : 우리 반 친구들 몇 명은 산타할아버지가 없다고 그런다?(샐쭉)

진호 : 아냐, 유치원에 작년에도 왔었어. 내가 분명히 봤는 걸?

윤호 : 나도 좀 의심스러웠어.

어른들이 산타할아버지인 척한다고 생각하기도 했었거든.

근데 오늘 산타할아버지가 확실히 있다는 걸 알았어.

소미와 진호, 나는 궁금함에 눈이 땡글, 귀가 쫑긋해졌다.

윤호 : 왜냐면,

산타할아버지가 아이들한테 선물을 주는 모습이

뉴스에 나오는 걸 봤어.

결론, 산타는 있는 걸로!

크리스마스 3 (산타할아버지한테 보내는 편지)

크리스마스가 있는 12월의 첫날.

진호가 책상 앞에 앉아 뭔가를 열심히 하고 있다.

그러다가는 아빠한테 가서 글씨를 써 보라고 한다.

"아빠, '닌' 자를 한번 써 보세요!"

그러더니 조금 있다가 소미한테 가서,

"누님, '텐'은 어떻게 써?"

그리고 나한테 와서는,

"엄마, '한' 어떻게 써요?"

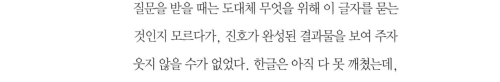

질문을 받을 때는 도대체 무엇을 위해 이 글자를 묻는
것인지 모르다가, 진호가 완성된 결과물을 보여 주자
웃지 않을 수가 없었다. 한글은 아직 다 못 깨쳤는데,
산타할아버지한테 편지를 써야 선물을 사 줄 거 같았나 보다.

그렇게 떠듬떠듬 쓴 편지 내용은,

화이트 산타할아버지한테

닌텐도 사 주세요.

아주 간결하고 확실하다. 진호는 닌텐도가 갖고 싶었구나.

그런데 어쩌지? 산타할아버지는 닌텐도는 취급 안 하셔!

크리스마스 4 (산타할아버지는 날아다니지)

진호는 '닌텐도'를 외치는 종이를 머리맡에 놓고 잔 모양이다.
아침에 일어나서 심통을 잔뜩 내며 하는 말.

★ "엄마, 산타할아버지는 이 세상에 존재하지 않는 게 분명해요."

★ "진호야, 왜 그렇게 생각했어?"

★ "머리 위에 편지를 놓고 잤는데, 그대로 있잖아요."

나는 남편한테 빨리 편지를 가져오라는 신호를 눈으로 찡끗 보내
며 진호에게 계속해서 말을 걸었다.

그 사이, 편지 수거에 성공!

지구별 악동들의 가족놀이터

"아니야, 진호야. 산타할아버지가 밤새도록 편지를 가지러 다니셨는데, 너무나도 많아서 아직 못 가져갔을지도 몰라. 다른 아이들 편지를 다 가져가시려면 아침까지 일하실 거야. 어쩌면 진호가 아침밥 먹는 동안 가져가실 수도 있어. 진호는 일찍 일어났지만, 아직 일어나지 않은 아이들도 많거든."

"아, 그럼 아마도 제가 할아버지랑 자니까 할아버지는 어른이라 할아버지한테 들킬까 봐 못 가져갔나 보군요?"

진호는 후다닥 밥을 먹고는 방으로 달려가 침대 위를 뒤지더니, 편지가 진짜 없다며, 산타할아버지가 다녀갔다며 신이 나서 이야기한다. 그러더니 또 고개를 갸우뚱한다.

"근데 엄마, 이상해요. 산타할아버지가 다녀가셨다면 발자국이 있어야 하는데 발자국이 남질 않았잖아요?"

'고 녀석 참. 끈질기네. 너 그렇게 자꾸 탐정처럼 산타할아버지의
존재를 캐내면 선물 받기 더 어려워져.'

그래도 끝까지 시치미를 떼며 나는 말했다.

"산타할아버지는 날아오시잖아. 그러니까 발자국이 없지. 저기 봐,
창문이 좀 열렸잖아."

이 말에 고개를 끄덕이면서 씩 웃는 진호. 엄마 말이 맞다며, 산
타할아버지가 분명히 자기의 편지를 가져갔으니 안심이라며, 그
렇게 밝은 얼굴로 유치원에 갔다.

날기힘들어. 살 좀 빼야겠어. And

크리스마스 트리 장식은 삼남매에게 맡겨라

크리스마스 트리는 우리에게 맡겨라~

트리장식도 문제없다지!~

붕꽝!

누님, 언제까지 부딪쳐야 해?

지구별 악동들의 가족놀이터

엄마는 아이들의 놀이터

별에서 온 삼남매와 별난 엄마가 펼치는 별난 놀이들

걸음아, 날 살려 줘!

전래동화에 한참 재미를 붙인 윤호.
모든 놀이는 전래동화 패러디가 된다.

오늘은 사냥꾼 놀이에 몰두하고 있는 윤호.

"엄마, 엄마가 암컷 호랑이를 하세요."

"엄마, '어흥!' 한 번만 해주세요."

"엄마, 곶감을 만나기 전에 도망가야겠다고 하며 달려가세요."

"엄마, 나팔소리 내면서 뛰어 보세요."

"헥헥! 윤호야, 엄마 좀 쉬면 안 될까?"

윤호는 내가 힘든 것은 아랑곳하지 않고 계속하여 놀이에 몰두하고 있다. 호랑이가 등장한 전래동화는 총출동시키려나 보다.

"엄마, 제가 걸음아 날 살려라 달려갈 테니 저 좀 잡아 보세요."

"윤호야, 엄마 이제 힘든데……."

"엄마, 빨리요. 걸음아 날 살려라! 엄마도 달리셔야 해요."

"윤호야, 걸음 말고 네가 엄마 좀 살려 줘라!"

 그래도 내가 주인공인 거지?

母出於子(모출어자) 색칠공부

윤호는 꼼꼼한 성격이다.
색칠할 때도 빈틈없이 테두리를 벗어나지 않게 한다.

그러다가 가끔 나의 색칠에 잔소리도 한다.
 "꼼꼼하게 색칠하는 습관을 들이세요!"

'헛, 엄마와 아들의 역할이 바뀐 듯?'

아들한테
칭찬받았으~
뿌듯

오늘은 윤호가 공룡을 색칠하던 중이었다.
자야 할 시간이 다가오니 마음은 급하고, 또 성격상 대충은 못하
겠는지 나에게 도와 달라고 요청했다.

내가 색연필을 골라 들자,
 "엄마, 편하게 하세요. 꼼꼼하게 안 하셔도 돼요."

'엥, 내심 그간의 잔소리가 미안했던 모양이네?'

"아냐, 나 꼼꼼하게 색칠할 거야!"
나는 일부러 색연필을 꾹꾹 눌러 열심히 칠했다.
그런 나를 보며 윤호가 한마디 한다.

"엄마도 저를 본받아 자꾸 하다 보니 잘 칠하게 되셨군요?
청출어람이네요."

'청출어람'이라는 말은 어디서 들어 가지고선…….
나는 아들에게 질세라 열심히 색칠공부를 했다.

윤호가 잠든 후에 색칠할 거야!
이거 무슨 노래 같네~ 크크♪
~♪♬~ And
꼼꼼
ㅇㅇㅇㅇ 근데 내가 태어나 제일히 색칠공부 하나보고? 이래이래….
꼼꼼

엄마는 아이들의 놀이터

유아기의 폭발 수다

보통의 남자아이들은 커 가면서 점점 말수가 줄어든다고 한다. 다정스럽던 아들도 사춘기 때는 방문도 닫고, 입도 닫게 된단다.

반면 유아기 남자아이들은 성향에 따라 폭발적인 수다스러움을 보이는 경우가 있다. 윤호가 그렇다. 조잘조잘 재잘재잘, 정말 할 말이 많아 쉴 새 없이 말을 하는 시기가 있었다. 그런 윤호를 보며 생각했다. 10대의 남자 아이들이 말수가 줄어드는 것은, 아마도 10대 동안 출력해 낼 말을 유아기 때 모두 해서일지도 모른다고 말이다.

그 정도로 윤호는 밥 먹는 동안에도 쉴 새 없이 이야기를 하며 폭발 수다의 유아기를 보내고 있다.

'오늘 유치원에서는요, 폐품으로 만들기를 했거든요. 그런데 친구가 우유팩을 우리의 키보다도 높이 쌓았어요. 어느새 우리는 모두 그 친구 옆에 모여 우유팩을 높이높이 쌓다가 만들기 시간이 끝났어요. 그리고 나서 간식시간이었는데요……'

이렇게 윤호가 유치원에서의 일과를 자세하게 설명하기 시작하면, 나는 윤호와 함께 유치원 생활을 하고 왔다는 착각에 빠질 정도다. 윤호는 그렇게 유치원 생활을 다 말한 뒤에, 밥 먹으면서 새롭게 궁금해진 질문들을 하기 시작한다.

'엄마, 김치는 언제부터 먹게 되었어요?'
'젓가락은 우리나라에만 있나요?'
'저는 전생에 인도에서 살았었나 봐요. 그냥 손으로 집어 먹는 게 익숙해요.'
'태양과 해님의 차이는 뭐예요?'

많은 육아서적들은 말한다. 아이들의 질문에 귀 기울여 주고 답해 주라고. 그게 아이의 창의성을 키워 준다고. 하지만 이 질문에 다

답하려면 도대체 밥은 언제 먹냐고요!!!

이쯤 되면 창의성이고 뭐고, 아버님, 어머님은 무척 고통스러워
하신다.
남편은 성급히 밥을 먹고 조용히 자리를 뜬다.
그래도 나는, 나라도! 성심껏 아이의 말에 귀 기울여 주고 답을 해
주어야 한다. 윤호는 그 말을 모두 뱉어 내야, 그날의 일을 마무
리했다고 생각하니까. 그렇지 않으면 밥 먹고 나서도 계속 조잘댈
테니까.

밥을 먹으면서 바로 바로 칼로리 소모가 되는 유아기의 수다 대
응. 나는 오늘도 열심히 그의 수다 친구가 되어 주기를 자청한다.
먼 훗날, 윤호가 말없이 방으로 들어가는 때가 오면 오히려 윤호
의 수다에 대한 해방이라며 사춘기의 침묵을 꿋꿋하게 이겨 내기
위해서.

지구별 악동들의 가족놀이터

대화가 필요해. And

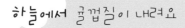 하늘에서 귤껍질이 내려요

아이들이 귤을 먹다가 껍질을 툭툭 던지기 시작한다. 바구니에 껍질이 들어가지 못하고 바닥에 흩어지고 만다. 남편은 난장판이 되고 있는 방을 보며 한숨을 몰아쉰다.

"얘들아, 던지려면 확실히 던져야지. 자, 따라 해 봐."

하면서 나는 귤껍질을 천장에 닿게 높이 던졌다. 아이들은 신이 나서 나를 따라 귤껍질을 던졌다. 남편은 그런 나에게 한심하다는 눈빛을 던지며 한마디 한다.

"이걸 어떻게 다 치우려고 그래?"
"걱정 마요. 나에게 맡겨 두시라!"

나는 아이들과 귤껍질을 던지고 하늘에서 귤이 내려온다며 뿌리고 머리에 올리고 하면서 한참을 놀았다. 귤껍질과 함께 아이들의 깔깔대는 웃음이 방 안을 가득 채웠다.

그렇게 한참 귤껍질을 갖고 논 뒤, 나는 아이들에게 바가지 하나 씩 주고 말했다.

"방 안의 귤껍질을 누가 가장 많이 담는지 시합하자. 구석에 있는 귤껍질을 줍는 경우에는 두 개 줍는 것으로 인정해 줄게."
"네, 좋아요!"
"자, 준비, 시작!"

정말 순식간에 방은 깨끗해졌다. 귤껍질 한 톨(정말 깨끗했음을 강조하고픈 마음에 나는 꼭 이 말을 고집한다)도 없이!

이 광경을 보고 있던 남편이 슬며시 미소를 지으며 방을 나가더니, 귤 한 바가지를 더 들고 온다.

뭐지? 이번엔 자기도 귤껍질을 던져 보겠다는 말인가?

사치기 사치기 사차뽕

유효기간이 하루 남은 호텔 숙박권과 뷔페 식사권이 생긴 어느 날, 우리는 룰루랄라 콧노래를 부르며 호텔로 향했다.

아이들은 모처럼 설탕 듬뿍, 탄산 듬뿍한 음식들을 마음껏 먹었다. 오랜만에 정크 푸드로 배가 부른 아이들은 움직이기도 싫은지 축 늘어져 있다.

 소미가 제안한다.

"숙소가 있는 10층까지 엘리베이터를 타지 말고 계단으로 걸어서 올라가 보면 어떨까?"

 진호는 반기를 들었다.

"10층까지 걸어가려면 너무 지루할 거 같아. 우리는 아파트에 안 살아서 엘리베이터 탈 기회가 없으니 엘리베이터를 타야 한다고 생각해."

지구별 악동들의 가족 놀이터

윤호가 제안을 했다.

"가위, 바위, 보 하면서 계단을 오른다든지, 재미난 게임을 하면서 올라가면 지루하지 않을 거 같은데?"

그때 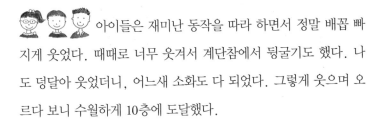 나에게 번뜩 떠오르는 게임이 있었으니, 그건 바로 '사치기 사치기 사차뽕'.

계단 오르기 싫어하는 아이들을 10층까지 계단으로 유인한 '사치기 사치기 사차뽕'.
나는 아이들 앞에서 최대한 망가져 주었다. 우스꽝스러운 표정과 몸짓을 보이면, 아이들은 깔깔대고 웃으며 따라 했다.

아이들은 재미난 동작을 따라 하면서 정말 배꼽 빠지게 웃었다. 때때로 너무 웃겨서 계단참에서 뒹굴기도 했다. 나도 덩달아 웃었더니, 어느새 소화도 다 되었다. 그렇게 웃으며 오르다 보니 수월하게 10층에 도달했다.

아이들은 모두 재미있다며 다음번에도 꼭 다시 하자고 했던,
'사치기 사치기 사차뽕'.

엄마가 망가져 주면 아이들은 엄청 좋아한다는 사실.

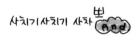
사치기 사치기 사차 뽕 And

지구별 악동들의 가족놀이터

동계올림픽은 우리 집에서 1

월드컵이 열리는 해, 윤호와 진호는 매일매일 축구경기를 한다.
올림픽이 열리는 해에는 우리나라 선수들이 출전하는 경기, 펜
싱·수영·양궁·장대높이뛰기까지, 모든 종목이 우리 집 거실에
서도 열린다.

동계올림픽이 한창인 겨울, 윤호와 진호는 땀을 뻘뻘
흘리며 거실 탁자 주변을 돌고 있었다.
"너희 뭐하니?"
"저희 지금 쇼트트랙 릴레이 하고 있어요."

휴지심을 들고, 슬리퍼 신고, 허리 숙이고,
미끄러지듯 빙글빙글 그렇게 오십 바퀴를 돈다.
"엄마, 우리 집 거실은 아이스 링크장이에요. 운동되고 좋네요."

나는 어지럽거덩~!

거실은 삼남매 아이스 링크장!
돌고 돌고 AND 돌고

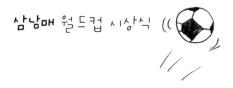

삼남매 월드컵 시상식

소미 : 축구를 시작하겠습니다. 호루라기 소리에 맞춰 뛰세요.
　　　호루루루~~

윤호 : (열심히 공을 차며 거실을 뛰어다닌다.)

다시 호루라기 소리가 나면 윤호는 멈춘다.

소미 : 이번 경기의 금메달은 우리나라의 이윤호 선수입니다.
　　　이쪽으로 올라오세요. 소감을 말해 보세요.

윤호 : 저는 멋진 축구선수 이윤호입니다.
　　　대학교 2학년이고요. 앞으로도 열심히 하겠습니다.

소미 : 기념으로 색종이 한 장을 드리겠습니다.
　　　이쪽으로 퇴장하세요.

집에 유일한 메달.
매 경기와 놀이에 등장.

나도 메달줘잉~

AnD

동계올림픽은 우리 집에서 2

삼남매 동계 올림픽은 집에서 다시 열렸다.
거실 탁자를 빙글빙글 돌면서 '인', '아웃'을 외치는 윤호.
실내화는 다시 스케이트로 변신.
주최는 윤호, 보조는 진호, 아빠는 심판, 소미는 해설위원이란다.
엄마의 역할은 뭐냐고 했더니, '애국자 관중'이란다.

그런데 오늘은 탁자 주위를 돌지 않는다.
아마도 경기 종목이 바뀌었나 보다.
달력을 뜯어서 뭔가 열심히 그리기에 무엇을 하느냐고 물었더니,
오늘은 '컬링' 경기를 한다고 한다.

막대 걸레는 핸들, 짐보리는 스톤, 집안의 청소도구 모두 등장.
'리드, 스킵'을 외치며 거실을 메우는 올림픽의 함성.
경기규칙을 열심히 설명하며 경기장 정비에 여념이 없는 윤호.

언제 컬링 경기를 보았는지 아이들은
제법 컬링 경기의 맛을 느끼며 놀고 있는 듯했다.

그런데, 문득 드는 걱정.
애들이 제발 봅슬레이는 보지 않아야 할 텐데.
'어떻게 해야만 봅슬레이를 보지 못하게 할까?' 를 생각하는데,
아이들은 어느새 봅슬레이를 보고 있다. 그것도 집중해서.

오 마이 갓!

아이들은 나보다 빠르다.
어느새, 아이들은 기다란 쿠션과 방석을 확보했다.

엄마, 봅슬레이 경기 중이에요.

할아버지 쿠션.
온 집안 다 닦고 다니는 중~

쿠션과 베개 밑에 걸레를 닿아줌걸... And.
봅슬레이 청소도구

삼남매 올림픽

우리 집은 대한민국이 펜싱에 출전한 날이면 펜싱경기장이 되고,
수영을 하는 날이면 수영장도 된다.

아이들의 올림픽 정신에 맞추기 위해서 나는 올림픽 기간 내내 땀
을 뻘뻘 흘리며 경기에 참여해 주어야 한다. 올림픽의 참여정신
구현에 앞장서는 나! 정말 살찔 틈이 없다는 사실.

얘들아! 부탁인데,
제발 체조는 하자고 하지 말아줘!

삼남매 일보

삼남매와 그들의 엄마는
친경기 출전이라는 녹자란 기록을 세우며
올림픽에 참여하고 있답니다.
- 삼남매가 -

지구별 아들들의 가족놀이터

첨성대는 뭐하던 곳일까?

첨성대는 맞아.
신라 선덕여왕때 만들어진
천문 관측대란다.
27개의 단으로 이루어졌어.
한 번 세어 보자.

오늘은 역사선생님

첨성대에 대해 열심히 설명하고 사진도 찍고난 후
다음 장소로 이동하기 위해 차를 탔다.

"출발"

얘들아, 우리방금 뭐 보고 왔지?

첨성대가 뭐하는 곳이었지?

첨성대요!

10세   7세   5세

엄마, 저요! 제가 말해볼게요.

  그래~

 굴뚝이요!!

기껏 설명해줬더니~~

대여섯살짜리 눈에는 굴뚝으로 보이는 동양최고의 천문대.

 나, 신라인

And.

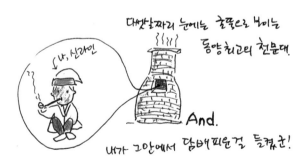 내가 그안에서 담배피운걸 들켰군!

그림자 인형극

소미와 윤호가 인형극을 해보자고 한다. 시립 도서관에서 하는 인
형극을 보고 와서는, 집에서도 인형극을 해보면 좋겠다는 것이다.
나에게 방법이 없을지 묻기에, 아이들과 함께 곰곰이 생각하다가
그림자 인형극을 해보기로 했다.

보자기에 기본적인 배경을 오려 붙이고, 등장인물은 도화지에 그
려서 오린 후 나무젓가락에 부착한다. 그리고 아이들과 함께 시나
리오를 짠 뒤, 대략의 콘티를 맞추어 보고 불을 끈다. 손전등으로
보자기 뒤에만 불을 비추면 도화지로는 빛이 통과하지 않으니, 멋
들어진 인형극이 완성된다.

물론, 그렇게 하기까지 엄마인 나는 피디도 되었다가, 작가도 되었다가, 조명 감독도 되었다가, 전등을 켰다 껐다 하는 FD도 되었다가, 보자기를 들고 있는 아르바이트생까지 되어야 한다. 하지만, 같이 이야기를 만들고 인형극을 준비한 기억이 아이들에게는 참 재미있었나 보다.

아이들은 지금도 가끔 그날을 떠올리며, 그림자 인형극 놀이를 했을 때 즐거웠다며 웃는다. 그리고 아이들은 아직도 그 보자기를 책상 서랍에 간직하고 있다. 이번엔 더 제대로 된, 그럴싸한 인형극 한번 해볼까?

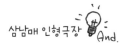

삼남매 인형극장

인체에 적용되는 탄성력

아이들과 탄성력에 관한 책을 읽다가, 생활 속에 탄성력을 이용한 것이 무엇이 있는지를 찾아보기로 했다. 처음에는 주변 사물들을 보면서 생각해 냈다. 아이들은 고무줄, 스프링, 볼펜, 저울, 고무장갑, 활, 트램폴린 등 제법 다양한 도구를 찾아내었다.

그래도 성에 차지 않은 듯, 탄성력을 갖고 있는 대상을 찾으러 다니는 윤호. 뭔가 더 많이 찾아내고 싶은 욕심에 가득 찬 윤호는 급기야 인체의 비밀 속에 탄성력을 적용하기 시작했다.

"오줌 마려울 땐 고추가 커지는데, 오줌을 싸고 나면 작아져요. 이것도 탄성 맞지요?"

"또 있어요. 엄마가 진호에게 젖을 먹이고 나면 쭈쭈가 작아지고, 진호가 배고프면 다시 커져요. 맞죠?"

헛! 이 말에 나는 엄청 당황했고,
당황스러움이 지난 후에는 한참동안 웃었다.
윤호야, 진도가 너무 나갔다. 하하하하!

근데 이런 아픈 비밀도 있단다.

때론 비탄력적인 인체 현상도 있다는 사실.

얼굴에 생긴 용. 수. 철……

탄성력

마시멜로 이야기

"윤호야, 이거 먹고 싶지?
근데 이거 지금 안 먹고 좀 참았다가 먹으면 훌륭한 사람이 된대."

나는 마시멜로 대신 떠먹는 딸기 요구르트를 보여 주며 윤호에게 마시멜로 실험을 해보기로 했다.

"그럼 저 참아 볼래요."

윤호는 옆에 딸기 요구르트를 두고 한참을 두리번거리더니 퍼즐을 가지고 와서 맞춘다.

나는 딸기의 진한 달콤함을 윤호가 느낄 수 있게 가끔씩 요구르트의 뚜껑을 열어 윤호의 코에 갖다 댔다. 아들을 약 올리기나 하고, 엄마 맞나 싶지만, 실험의 강도를 높이기 위해 어쩔 수 없다. 감수해야 한다. 큭.

지구별 악동들의 가족놀이터

윤호는 아랑곳하지 않고 열심히 퍼즐을 한다. 30분쯤 경과. 이만 큼의 시간도 상당히 오랫동안 참아 낸 것이다. 그래도 한번 물어 나 보자.

"윤호야, 퍼즐 하나 더 할래? 아님, 그만 하고 요구르트 먹을까?"

"엄마, 마음으로는 더 참으면 더 훌륭한 사람 될 거 같은데요. 입이 말을 안 들어요."

"입이 왜?"

소올솔~

"입에서 침이 나와요."

군침뚝뚝! 조건반사 And

반장선거도 선거니까

엄마, 저는 꼭 반장이 되고싶어요.

유호야, 파이팅!

저를 뽑아달라는 공약을 말해야 하는데
뭐라고 하면 좋을까요?
엄마가 좀 도와주세요!!

어머나! 어쩌지?

윤호가 스스로 생각해서 써보렴.

엄마는 윤호를 도와줄 수 없어. ㅜ ㅜ

왜요?

엄마는 제가 반장이 되길 원하지지 않는거에요?

공무원은 선거에 개입하면 안 되거든~~~ ^.^

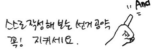

스스로 작성해 보는 선거공약
꼭! 지켜세요.

우리나라 헌법 제7조 2항 공무원의 신분과 정치적
중립성은 법률이 정하는 바에 의하여 보장된다.

엄마는 아이들의 놀이터

내면서 가장 신이 나는 세금은?

초등학교 세금교실 강의를 며칠 앞둔 어느 날, 나는 아이들의 눈높이에서 세금을 어렵지 않게 설명해 주고 싶어 이 궁리 저 궁리를 하고 있었다. 소미, 윤호, 진호를 앉혀 놓고 연습도 해보고, 아이들의 의견을 묻기도 했다. 소미와 윤호는 적극적으로 조언을 해주었다.

"얘들아, 세금교실에 온 아이들이 수업에 더 집중할 수 있게 유도하려면 어떻게 하면 좋을까?"
"선물을 주면 어떨까요?"
"아, 그래. 좋은 생각이다. 그럼 어떤 선물이 좋을까?"
"엄마, 고무 딱지요. 애들이 그거 엄청 좋아해요."

윤호는 저학년 남자 아이들에게는 단연코 고무딱지의 인기가 최고일 거라고 한다.

142

"아, 그래. 좋아. 그럼 고학년 친구들은 뭘 좋아할까?"

소미는 학교에 가서 친구들에게 물어봐 준다고 했다.
그러더니 다음 날, 소미가 알아 왔다며 말했다.

"엄마, 여자 애들은 BTS 사진 주면 엄청 좋아할 거고요. 남자 애들은
그냥 먹는 게 최고래요."

그러더니 BTS 카드를 여러 장 챙겨 주며, 세금 교실 수업 때 선물
로 쓰라는 것이다.

"소미야, 너도 아끼는 건데 엄마 줘도 되는 거야?"
"엄마, 저는 BTS보다 엄마를 더 아끼니까요."
"소미야, 감동이다. 고마워."

그렇게 아이들의 도움으로 세금교실을 재미있게 준비했다.

아이들한테 질문을 해보기도 했다.

"법인세가 뭘까요?" 라는 질문에 소미가 말했다.

"죄인이 감옥에 갈 때 내는 거 아니에요?"

세금 교실 나가서 놀란 것 중 하나가 법인세에 대해서 물었을 때
의외로 많은 아이들이 '범인이 내는 세금'으로 생각했다는 점이다.
그런데 세무서에 다니는 엄마를 둔 나의 딸도 그렇게 대답하고 있
으니. 내가 우리 아이들에게 먼저 세금교실을 열어 주어야겠구나
싶었다. 소미의 적극적인 호응덕분에 아이의 눈높이에서 설명해
줄 수 있는 좋은 기회가 되기도 했다.

그렇게 아이들과 함께 준비한 세금교실은 가져간 선물 덕에 아이
들의 더 큰 관심을 유도하며 마무리할 수 있었다. 그리고 소미와
윤호에게는 내가 수업하는 모습을 촬영한 동영상을 보여 주었다.
아이들은 엄마가 학생들 앞에서 무언가를 설명했다는 것이 신기

지구별 악동들의 가족놀이터

한지 동영상을 보면서 윤호가 물었다.

"엄마, 안 떨렸어요?"
그러자 소미가 하는 답.
"엄마는 무대체질이라서 안 떨어."

아이들은 동영상을 보면서 마치 세금 교실에 참여한 아이들처럼 손도 들고 답도 하였다. 소미와 윤호는 법인세, 부가가치세, 소득세를 외치며 열심히 세금교실 동영상에 참여했다.

동영상을 다 보고 소미가 말한다.

"엄마, 정말 멋져요."
"고마워, 다 소미 덕이야. 소미가 BTS 사진 줘서 엄마가 수월하게 수업했어."

그러자 윤호도 질세라, 멋진 제안을 해주었다.

"엄마, 다음번엔 이런 넌센스 퀴즈를 내보시는 건 어때요?"

"어떻게?"

"신이 나면 내는 세금은?"

"글쎄, 그게 뭘까?"

"만세!"

"우리 엄마, 만세!!"

너희들도 만세!

코로나가 찾게 해준 실내 놀이

코로나로 온 나라가 비상사태인 겨울.

어린이집들은 모두 휴원을 하고, 아이들을 어디 데리고 나갈 수도 없었다. 아이들은 집에만 있으려니 답답해하며 어쩔 줄을 몰라 했다. 아이들을 덜 지루하게 해주려는 생각에, 아이들과 물감 놀이도 하고, 벽에 전지를 붙여 놓고 색종이 붙이기도 해보았지만, 일주일을 놀고 나니 더 이상 어떻게 놀아 주어야 할지 도통 좋은 생각이 떠오르질 않았다.

어떻게 놀아 줄까 궁리하면서 어린 시절 나는 뭘 하고 놀았었는지 생각해 보았다. 무궁화 꽃이 피었습니다, 말뚝 박기, 팔방치기, 아빠망 엄마망, 비석치기, 자치기 등. 헛, 나는 어렸을 때도 남자 아이들처럼 놀았구나. 아무래도 내가 많이 놀아 본 놀이를 아이들과 하는 게 아이들에게 놀이 설명을 더 잘해 줄 수 있을 거라 생각되어, 이 중에서 팔방치기를 해보기로 했다.

근데 땅에다 선을 긋고 해야 하는데 어떻게 하지? 아 그래, 좋은 생각이 있다. 아이들 방에 흰 털실을 투명 테이프로 붙여 선을 표시했다. 그리고 돌 대신에 큰 지우개를 이용해서 하루를 팔방치기를 하며 놀았다.

어린 시절, 동네 아이들과 했던 놀이를 아이들과 함께하니까 나도 어린 시절로 돌아간 듯 신이 난다. 아이고, 근데 이젠 그만하자. 하루 종일 깽깽이하며 놀았더니 다리 아프구나.

마음은 유아기인데, 몸은 중년을 향하고 있음을 뼈저리게 느낀 하루.
그래도 잊고 있던 놀이를 찾게 되었네.

지구별 아들들의 가족놀이터

몸소 실천하는 한자 공부

The Star brothers and sister

대가족 속의 삼남매

관계 형성이 다양한 대가족 안에서 벌어지는 색다른 경험들

아픔 뒤에 오는 것들 1 (성장통)

소미가 성장통을 앓는가 보다.
요즘 들어 무릎이 아프다는 말을 자주 한다.
오늘은 절뚝거리기까지 한다.
그러면서 하는 말.

"엄마, 무릎이 아파요.
저…… 늙나 봐요. 아프면 늙는다는데……."

'성·장·통' 이라고!!! 그건 할머니 버전이라고!!!
다섯 살의 입에는 할머니가 있구나.

아픔 뒤에 오는 것들 2 (아프면 큰다?)

 할아버지가 이 세상에서 가장 좋다는 진호.

진호의 룸메이트인 아버님이 일주일간 감기 몸살로 고생하고
계셨다.
침대에 누워만 계시는 할아버지가 안쓰러웠던 진호는
감춰 두었던 사탕을 할아버지께 드리며 위로의 말을 곁들인다.

"할아버지, 걱정 마세요. 다~~ 크려고 아픈 거예요."

쯧쯧 혀를 차며 할아버지를 쓰다듬는 요 세 살배기 녀석의 따뜻함
에 미소 짓는다.

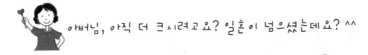 아버님, 아직 더 크시려고요? 일흔이 넘으셨는데요? ^^

할아버지가 손주 아픈 거 간호하며 하신 말씀 그대로를
손주가 할아버지한테…….

돌림자를 쓰는 모녀

女子 女子 형제

엄마, 저희는 '효'자 돌림이에요.

맞아, 윤효와 진효
너희는 '효'자 돌림이지~

그리고,
엄마와 누님은 '미'자 돌림이에요!

美?
선?
미?
sun

왜??
엄마는 '선'으로 끝나 는데?

누님은 소미,
엄마는 에미

잖아요~~

에미야!

돋보기 좀 찾아주거라!

네! 어머님

나는, 최에미?

I'm 에미   I'm 소미

우리는 美美 모녀. ㅋ

대가족 속의 삼남매

And

형님 노릇 쉬운 줄 아세요?

진호가 태어나자, 나와 갓난아이를 위한 배려로 시아버님이 윤호를 데리고 주무신다고 했다. 엄마와 단 한 번도 떨어져서 자 본 적이 없는 윤호. 칭얼대고 밤마다 울어대면 어쩌나 걱정했는데, 생각보다 의젓하게 잘해 주었다.

그렇게 엄마 한 번 안 찾고 잘 자던 녀석이 새벽에 갑자기 나를 찾으며 울음을 터뜨린 날이 있었다. 하도 서글프게 울어, 조심스럽게 아버님 방을 노크하고 들어갔다.

"윤호야, 왜 울어? 엄마 여기 있어."
서럽게 우는 윤호를 안아서 달래 주었다.

아버님은 며느리 깬 것이 속상하기도 하시고 윤호가 갑자기 울어대니 당황스럽기도 하셨는지, 새삼스레 왜 엄마를 찾느냐며 윤

지구별 학들들의 가족놀이터

호를 꾸짖으며 괜스레 아버님이 뭔가를 잘못한 것처럼 면목 없어
하셨다.

나는 한참동안 윤호를 다독이며 자장가를 불러 주었다. 노래가 다
끝나니 윤호가 하는 말.

"엄마, 이제 혼자 있는 진호한테 가셔요. 이젠 엄마 없이도 잘 수 있
어요. 저는 형님이거든요."

가슴이 뭉클했다. 자다가 꿈을 꿨을까. 어른스럽게 동생에게 엄
마를 양보하는 윤호가 대견했다.

"형님답네, 윤호! 우리 윤호가 형님 맞구나. 윤호 형님 최고!"

그렇게 자리를 일어서는 나에게 윤호가 하는 말.

"형님 되기가 쉬운 게 아니네요."

그럼, 쉽지 않지

소풍집

가족여행에서 묵게 되는 곳이 펜션이든, 콘도든, 민박이든 윤호
는 그곳을 '소풍집'이라고 부른다.

우리의 가족여행은 그야말로 대가족이 움직여야 하기에 '게르만족
의 대이동'이라 칭하며, 그만큼 굳은 결심과 계획을 세워야 한다.
이사를 앞두고 있어 여행을 갈 만한 여건이 되지 못하는 때인데,
윤호는 자꾸 소풍집에 가자고 어른들을 졸라댔다.

 윤호 : 엄마, 소풍집도 우리가 보고 싶을 거예요. 어서 가요.

 할머니 : 우리 손주가 가고 싶다면 어떻게든 가 봐야지. 에
미야, 일정 잡아 봐라.

 엄마 : (대략 난감) 쩜쩜쩜

지구별 악동들의 가족놀이터

소미 : 윤호야! 우리 곧 이사 가잖아. 그렇게 소풍이 가고 싶으면, 이사 가는 것을 소풍이라고 생각하고 새집을 소풍집이라고 생각해 봐. 그럼 이사가 소풍처럼 재미있어질 거야.

어느새 엄마의 곤란한 사정을 눈치 채고 동생을 달랠 줄도 아는 소미. 많이 컸네!

소풍집으로의 이사

출생 심리학의 증언

나, 막내 진호.

엄마아~~~
(뭐가 이를 때는 이렇게 엄마를 늘여 빼며 부르지.)

형님하고 누님이요~~~~
(호소하는 듯한 말투. 그래 맞아, 뭔가 일러바칠 게 있는 게지.)

저 보러요~~~~
(고자질의 도입부!)

수다쟁이라고 놀려요. 훌쩍 훌쩍~~~

절묘한 타이밍에 진호의 등장으로
한방에 사라진 의구심.
임상실험 완료!
진호는 막내의 특징을 한 번에 보여 주고 있군.

막내분들 앞에 있기, 없기.
출생성리학의 결정체 = 진호.

마법의 코코아

어머님이 코코아를 타 주며 아이들에게 말씀하신다.
"이걸 먹고 나면 말을 잘 듣게 된다고 해서 사온 약인데,
이거 먹어도 효과가 없으면 그냥 갖다 주려고."

소미와 윤호는 처음으로 코코아를 먹은지라 그 달콤함에 눈이 반짝반짝.
말 잘 들어야 한다는 일념에 코코아를 마신 뒤 순한 양들이 되었다.

잠시 후, 윤호가 갖고 놀고 싶은 장난감을 소미가 먼저 갖고 놀고 있는 걸 보고는, 욕심이 발동하여 빼앗으려는 태세의 눈빛을 보냈다.

'약발이 떨어졌군' 싶었는데 윤호가 전투적인 눈빛을 풀고 애써 웃으며 과하게 부드러운 말투로 말했다.

"누님 먼저 놀아. 그다음에 내가 갖고 놀게."

그렇게 말하고는 나를 향해 하는 말.
"엄마, 오늘 할머니가 사 오신 약이 정말 효과가 있는 거 같아요."

"어, 진짜 효과가 있네?"

코코아 약의 효과가 길었으면 좋겠구나.

간장게장

소미는 어머님이 해주시는 간장게장을 무척 좋아한다.

소미가 1학년 때의 일이다.

"할머니가 해주신 간장게장은 정말 최고예요."

"할머니, 간장게장 우리 선생님도 맛보라고 하고 싶어요. 근데 할머니 힘드시면 안 해도 되고요."

소미는 맛있게 먹은 할머니 음식을 선생님께 소개하고 싶었던 것이다. 그러다가 할머니가 힘드실 것을 생각하니, 잠시 주춤해지는 모양이었다.

"아니다. 우리 소미가 선생님을 생각하는 마음이 예쁘니까 할미가 힘들어도 해줘야지. 할미가 선생님 거 맛있게 담아서 보내 주마."

"와, 좋아라. 근데 어떻게 주지요? 학교에서 드시라고 갖다 드리
면 교실에 냄새가 날 텐데. 이는 양치할 수 있지만 교실은 양치할
수도 없고."

소미는 한참을 고민하더니,
"할머니, 좋은 생각이 났어요. 집에 가져가서 드시라고 방학식 하
는 날 드리면 어떨까요? 제가 편지를 써서 같이 드릴게요."

맛있는 걸 먹으니 선생님이 생각났다는 소미.
그 마음에 감동한 어머님은 방학식 날 배추 겉절이도 하여 학교를
찾아가셨다.

간장게장이 맺어 준 인연

소미 할머님께

아침부터 찜통더위를 느끼게 하는 날씨, 여름 방학이 다가
와 그래도 다행입니다. 어제 주신 음식들 친정어머니의 자
상한 정성과 손길을 느끼게 했고, 역시나 훌륭한 음식 솜
씨에 감사한 마음 가득해서 정중히 감사드립니다.
하지만, 진정코 어르신께 폐를 끼친 것 같아 송구스럽고
죄송한 마음입니다. 더 이상 신경 쓰지 마세요!
소미의 특성을 잘 알게 되었으니 잘 지내게 될 것입니다.
할머님의 정성을 생각하며 소미를 바라보겠습니다.
늘 건강하시고, 행복함을 누리십시오!

소미담임 드림

그렇게 인연인 된 소미와 소미의 1학년 담임선생님, 그리고 어머님.

이날의 인연은 소미가 방학 생활을 착실히 하게 하는 원동력이 되어 주기도 했다.

소미는 처음 학교생활에 적응하기 어려워했다. 모든 것이 낯설고 친구들의 다른 삶의 방식들을 접하면서, 몹시 혼란스러워 했다. 그러나 어머님의 정성을 그대로 전달 받은 선생님의 관심은 어머니와 계속되는 소통 속에서 소미가 학교생활에 적응하는 데에 큰 힘이 되어 주었다.

소미가 2학년이 되어서도 수업이 끝나면 1학년 때 선생님의 교실에 가서 꼭 인사를 하고 하교를 했다. 그런데 어느 날, 소미가 다른 때처럼 선생님께 인사드리러 갔는데 선생님이 안 계시더라는 것이다. 그다음 날도, 또 그다음 날도 선생님이 교실에 안 계시자 어쩐지 좋지 않은 느낌이 든다며 소미는 걱정을 하였다. 결국 소미의 성화에 선생님의 소식을 알아보게 되었다. 소미의 1학년 담임선생님은 갑작스런 뇌졸중으로 쓰러져 병원에 입원하셨다는 것이다. 이 소식을 전해 듣고 어머님과 나는 선생님이 입원하신 병원을 알아보고 찾아가야 하지 않나…… 망설이고 있을 때 전화가 한통 왔다. 소미가 선생님 교실로 찾아갔을 때 선생님이 없으면 걱정할 것을 염려하였던 선생님은 정신이 좀 들자 선생님의 보호자를 통해 우리 집으로 전화를 하도록 부탁했던 것이다. 병원에 입원한 그 순간에도 소미를 기억하며 전화를 해주신 선생님.

  우리 가족은 그 전화를 받고, 안타까움과 감동이 뒤섞인 마음으로 선생님의 쾌유를 빌었다.

소미는 그런 선생님을 위해 열심히 기도했다. 다행히 선생님은 기적처럼 회복하여 지금은 정상적인 생활을 하고 계신다. 소미가 훌륭하게 성장하는 거 선생님께서 모두 다 지켜보기로 약속했다며, 소미는 선생님을 떠올리며 더 바른 학생이 되기로 결심했다고 말한다.

And

선생님 건강하세요.

지구별 아동들의 가족놀이터

예쁜둥이 소미에게
사랑스런 소미야! 네가 정성껏 써 보내준 편지 받고 선생님 정
말 그마웠단다. 소미 맘속에 선생님을 담아두고 있다 생각하니
참 감사해. 항상 웃는 얼굴로 우리 교실을 찾아와 주는 것도 고
맙고 예쁘단다. 여름방학 보람있고 즐겁게 잘 보냈지? 조부모님
부모님들도 안녕하시고? 특히 지혜로우신 할머니께서 파마 멋지
게 시켜주셔서 아름다워진 소미 모습 참 세련되어 보였어
파마 생각을 어쩌다 하시게 되었을까 궁금하다.
　사진으로 찍어 꼭 어린날의 추억으로 간직해 보렴
선생님도 방학 동안 외국 여행을 다녀왔지 고산 지대라서
고산병에 걸려 하마터면 구경 못할 수도 있었지만 우황청심환까
지 먹고 사천미터 높은 곳을 구경하고 왔어
여행은 참 즐거운 것 같다. 소미도 크면 여행 많이 다니며 뽐
내는 생활 할 수 있을 거야. 소미가 여행 자유롭게 다닐 때쯤이
면 선생님은 호호 할머니가 되어 널 부러워하겠지 지금과 같이
열심히 공부하고 뛰놀며 건강하게 자라며 그때를 기대하기 바란
다.
　답장을 진즉 해야 했지만, 내가 학교에 나오지 않아 개학하고
서야 네 편지를 읽게 되어서 이제야 이렇게 답장 쓴다.
그 누구보다도 다정하고 진실하고 마음이 예쁜 소미여서 좋단
다. 남을 위해 입밥을 수 있는 존경받는 사람으로 잘 자랄 걸 믿는
다. 무슨 일이든 확실하고 틀림없는 여성 지도자적 능력을 갖춘
소미의 모습을 그려본다. 사랑스런 소미 늘 학교생활 즐겁게 하
며 지금까지처럼 계속 잘 지내주기 바란다. 동생들도 많이 사랑
해주며 언니 누나 역할 잘 하고..... 알았지? 이만 안녕!

옛 담임 씀.

다정다감한 소미에게
소미야 안녕? 벌써 3학년이 되겠네
어제 더 무척 컸겠구나 늘 환한 모습으로 반겨
반겨줬던 네 모습이 떠 올라 오늘도 반4면
어린이날 축하한다고!
늘 할머니 할아버지 부모님 말씀 잘 듣고 바르고
잘 자라는 네 모습
이제껏 처럼 늘 바르고 착하게
이나라의 큰 일꾼이 되어야 해 잘 자라
뭐니뭐니 해도 할머니의 바른 정신을 잘 받들어
꼭 할머니 같은 훌륭한 사람이 되기 바란다
쭈지 않고 하루하루 열심히 공부하다 보면 어느새
넌 우뚝솟은 위대한 소미로
나타낼 수 있어 처음도 늘
책읽고, 영어 댄스등 잘
다니고 있지?
넌 다른 것이 같지 않게
마음씨가 착한게 또
아름다워. 지금처럼 또
늘 아름답게 잘 자라렴
몇년후에 훌륭한 모습
꼭 보여줘 알았지?
다시한번 어린이날 축하해

할아버지 할머니께
안부 전해드리렴 선생님은
건강 좋아졌어 늘 감사드린다42
특특한 동생과 학교도
같이 다니지?
예쁜 누나되기 바래
안녕
영이

최소한의 노력

윤호가 어깃장을 놓으면서 말을 안 듣자, 어머님이 타이르듯이 말씀하셨다.

"윤호야, 할미가 정말 힘들구나. 말 좀 잘 들어보려무나. 노력 좀 해주면 안 될까. 응?"

그러자 윤호가 대답한다.

"네, 할머니. 저도 최소한 노력할게요."

이 말을 듣던 어른들이 모두 웃으며

"윤호야, 이럴 때는 최대한 노력해 본다고 하는 거야."

그러자 소미가 하는 말.

"아니에요. 윤호 말이 맞아요. 윤호는 정말 최소한 노력하고 있는 게 맞는 거 같아요. 요즘 어지간히 말 안 듣잖아요."

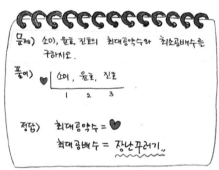

큭, 듣고 보니 그 말도 맞네. And

고손자라고 하면 되는 것을

추석 명절, 아이들과 함께 선산에 갔다.

"여기가 할아버지의 할아버지께서 계신 묘란다. 절을 올려라."
아버님의 설명에 윤호가 넙죽 절하며 하는 말.

"손자의 손자가 왔습니다. 절 받으십시오."

And

손자의 손자가 왔습니다.

술밥 먹고 등교한 윤호

어머님은 아이들 간식으로 종종 찰밥을 쪄 주신다. 커다란 찜통에 팥을 넣고 거의 10인 분의 찰밥을 만드신다. 찰밥을 만들기 위해 찹쌀을 초벌로 쪘을 때는 쌀에 물기가 적은 고두밥이 되는데, 아버님과 어머님은 그것을 '술밥'이라고 부르신다. 아버님이 술밥을 좋아하셔서 어머님은 아주 꼬들꼬들한 술밥을 꼭 한 대접 덜어 놓고 찰밥을 다시 찌신다.

여하튼 어른들이 술밥이라고 하니 아이들도 그 고두밥을 술밥이라고 부른다. 나도 서울에서 자라 술밥을 왜 술밥이라고 하는지 모르고, 그저 어른들이 하는 대로 술밥이라 부를 뿐이다.

아버님이 술밥을 드시는 옆에서 한 숟가락 받아먹어 본 이후로 윤호도 술밥의 마니아가 되었다.

어머님이 찰밥을 찌신 어느 날, 학교 가기 전에 술밥을 두 공기나 먹고 간 윤호.

학교에서 돌아와서 물었다.

"엄마, 술밥이 나쁜 거예요?"

"왜?"

"오늘 아침에 선생님이 아침밥 먹고 왔냐고 물으셔서 술밥을 먹었다고 대답했더니, 친구들이 웃고 선생님도 놀라시고 그랬어요."

그래서 우리는 술밥의 유래를 찾게 되었으니······.

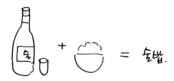

아마도 술을 만들기 위해 준비한 밥이 고두밥이어서 '고두밥'을 '술밥'이라고 부르게 되지 않았나 싶다.

술밥 한 그릇 뚝딱 (AND)🍴

* 고두밥 : 아주 되게 지어 고들고들한 밥을
말한다. 주로 식혜나 술을 만들 때 발효에
드는 시간을 줄이기 위해 많이 사용한다.

지구별 악동들의 가족놀이터

줄여서 하는 말의 세대 차이 1 (동경대학)

어머님이 집에 있는 떡이며 간식들을 챙겨서 아버님께
드리면서 '동경대학'에 가서 드시라고 하는 것이다.
이 말을 듣고 윤호가 묻는다.

"할아버지, 대학 다니세요?"

어머님 웃으시면 대답하신다.
"동네 경로당을 줄여서 하는 말이란다."

아버님 동경대학 재학 중이세요?

동경大.   And.

줄여서 하는 말의 세대 차이 2 (문상)

윤호가 소미를 보며 묻는다.

"누님, 오늘 상 받았다며? 축하해. 상품은 뭐 받았어?"

"어, 고마워. 문상 받았어(손가락으로 브이 날려주시고!)."

"누님, 그거 나 주면 안 될까? 유희왕 카드를 꼭 사고 싶었거든."

"음…… 그래. 좋아. 받아! 자, 문상 간다!"

지구별 착한돌의 가족놀이터

그때 어머님이 외출하시고 들어오시다가 이 말을 듣고 깜짝 놀라
시며 물으신다.

"누가 돌아가셨다냐?"

"네?"

"문상 간다며?"

줄여서 하는 말이 많아진 요즘. 지나친 줄임은 삼가고 예쁜 말들
을 많이 찾아서 아이들의 입에서 바르고 듣기 좋은 말들이 많이
나오길 바란다.

아전인수의 진수를 보여 주다

거실에서 축구를 하는 윤호와 진호.

진호가 지면 울고 떼를 피우니까, 윤호는 티 안 나게 슬슬 봐주면서 진호를 데리고 놀고 있다.

현재 스코어는 '진호 대 윤호= 9 대 2'

슛~! 진호가 슛을 했다. 소파 밑으로 쏙 들어가야 득점으로 인정된다. 그러나 소파 다리를 맞고 튕겨 나왔으니, 점수로 인정할 수 없음에도 진호는 방금 넣은 슛이 득점이 맞다며 윤호에게 우기고 있는 중이었다.

마침 그때 부엌에서 된장을 손질하던 어머님이 깜짝 놀라

"구데기다!" 하셨다.

이 말을 들은 진호, 때는 이때다 싶었는지 바로 어머님의 말을 따라 하며 어머님의 말씀을 제대로 살려냈다.

"거봐, 할머니가 '구 대 이'라잖아. 할머니가 정해 준 점수니까 이건 분명해. 득점 인정! 9대 2야."

진호 자신이 생각해도 억지스러워서였는지, 아니면 득점의 인정을 관철시켰다는 뿌듯함 때문인지 살짝 겸연쩍음이 묻어나는 웃음을 지어 보였다. 개구쟁이 같으니라고.

윤호는 참으로 어이없고 황당하지만, 진호가 울면 같이 놀 수가 없으니 참기는 참아야겠는데 힘든가 보다. 나를 쳐다보는 눈빛에는 참기 힘들다는 하소연이 짙게 깔려 있었다.

'윤호야, 형님 노릇 정말 쉽지 않구나. 엄마는 윤호 마음 다 알아. 이따가 엄마랑 데이트 하자.'

들으면 진호가 샘낼 테니 윤호와 나만의 암호로 이 메세지를 전했다. 그러고는 윙크를 뿅뿅 날려 줬더니, 윤호는 그 힘을 받아 동생의 억지스러움을 참고 또 져 주며 축구를 계속했다.

마음 정원의 깨알 변명

거실에서 축구를 한다고 하니 집이 대궐만 하다고
생각할지 모르겠으나, 마주 보고 있는 화장실 문과
안방 문이 골대가 되어 4미터도 안 되는
경기장에서 치열한 경기가 이루어진다는 사실.
잘못 날아온 공으로 인하여 물건이 수없이 깨져
나간 터. 우리 집엔 유리로 된 물건은 꼭꼭 숨겨   And.
놓아야 한다. 감사한 점은 층간 소음을 걱정하지
않아도 되기에 거실이 실내 축구 경기장이 될 수 있었을
뿐이라는 점을 알리는 바입니다.^^

체벌 육아 홍보단

서울 친정에 다녀오는 기차 안.

내릴 때가 되어 출입문 앞에서 기다리는데, 한 승객의 골프 가방이 놓여 있는 것을 보고 신기했는지 소미와 윤호는 가방 주인이 안 볼 때 살짝 만져 보며 서로 킥킥대는 것이다.

골프 가방 주인은 아이들의 그 모습을 보고 장난이 발동하여 엄포 놓듯 말한다.

"이 속에 매 들어 있어. 그러니까 엄마 말 잘 들어야 한다."

그리고는 지퍼를 열어 가방 안의 골프채를 보여 주고 만져 보게도 해주었다.

"이걸로 맞으면 엄청 아파! 너희들 겁나지?"

그 승객은 겁까지 주면서 아이들을 놀려댔다.

지구별 아이들의 가족 놀이터

그런데 웬걸, 이 정도에 겁낼쏘냐. 소미와 윤호는 겁은커녕 자랑
하듯 말한다.

"저희 집엔 더 아픈 매 있어요."

소미 말에 윤호가 맞장구를 친다.
"맞아요. 저희는 잣대로 맞아요."

"우리 할머니 잣대는 세상에서 젤 세요."

아이고! 자랑이다, 자랑이야. 동네방네 다 소문내라.

소문은 엄마가 내고 계시네요.
삼남⋯⋯매

조폭도 할머니를 무서워할까?

남편이 윤호를 데리고 목욕을 다녀와서 하는 말이 윤호는 조폭에 게도 할머니 매의 위력을 과시했다는 것이다.

사건의 전말은 이렇다.

온몸에 문신을 새긴 조폭이 목욕탕에 들어왔다. 그것을 보고 남편은 슬며시 자리를 피하려고 하는데, 윤호가 그 조폭에게 뽀짝뽀짝 다가가더라는 것이다. 남편은 티가 나게 윤호를 말릴 수도 없고, 괜히 조마조마해 하며 눈치를 살피고 있었단다. 그런데 윤호가 조폭에게 다가가서 조폭 몸에 새겨진 문신을 만지며 이렇게 말을 건네더란다.

"아저씨, 몸에다 이렇게 낙서를 하시면 어떻게 해요? 아저씨도 엄마한테 혼나서 씻으러 오신 거죠? 저도 사인펜으로 손에다 그림을 그려서, 엄마랑 할머니한테 많이 혼났거든요."

이 모습을 지켜보던 남편은 조폭이 화라도 내면 어쩌나 가슴이 콩알만 해져 콩닥콩닥했단다.

네 살짜리의 철없는 아이가 아저씨에게 걱정스러운 듯 얘기하고 있으니, 조폭도 그냥 웃어 버렸단다. 지켜보던 주변사람들도 피식 웃었고, 남편도 조폭의 미소에 조마조마했던 마음을 내려놓았단다.

지구별 학동들의 가족놀이터

다행이라고 생각하며 조폭이 있는 곳과는 떨어진 곳에서 씻으려고 윤호 손을 잡았는데, 윤호가
조폭 쪽으로 몸을 돌려서 한마디 더 하더란다.

"근데 아저씨는 매직으로 그랬죠? 그럼 진짜 잘 안 씻어지겠다. 아무래도 이 정도면 할머니가
잣대를 들어야 하겠네요."

하하하하하!
목욕탕은 호쾌한 웃음소리로 메아리쳤다고 한다.

윤호가 목욕탕에서 돌아오자마자 어머님께 하는 말.
"할머니, 목욕탕에서 저보다도 더 낙서를 좋아하는 아저씨를 만났
어요. 할머니가 잣대 들고 한번 가셔야겠어요."

그래서 우리 집에서도 한바탕 웃음이 터졌다.

문신을 모르는 네 살 윤호의
아슬아슬하고도 무시무시한
목욕탕 이야기
무시무시한 목록 and

대가족 속의 삼남매

사랑의매

내 머 맛을 볼테야?
어서 씻어라!!

한번만 용서해 주세요.

논거 부족한 엄마의 요리 실력

어머님은 아이들 먹을거리에 신경을 많이 쓰신다. 요즘 아이들은 다들 머리는 좋지만 제대로 먹지 않아 체력이 약하다 하시면서 제대로 먹는 것이 중요하다고 늘 강조하신다. 어머님은 되도록 유기농 식품을 재료로 사용하시고 된장, 고추장을 손수 만들어 아이들에게 먹이는 것에 사명감을 갖고 계신 분이다. 환경오염이 심해지고 인스턴트식품이 난무하는 요즘의 시대적 흐름을 안타까워하시며 귀찮은 기색도 없이 주방을 담당하고 계신다.

아이들이 김치 부침개가 먹고 싶다고 하니까 피곤해서 쉬어야겠다고 하신 어머님은 언제 그랬냐 싶게 금세 일어나 부침개를 만들어 주셨다.

어머님이 해주신 김치 부침개를 먹으며 윤호가 말한다.

"우리 할머니는 정말 일등 요리사야. 나는 피자보다도 할머니 김치
전이 더 맛있더라. 할머니, 진짜 맛있어요. 짱!"

이 말을 듣고 진호는 엄마가 안쓰러웠던 걸까?
엄마도 솜씨가 좋다는 것을 나타내고 싶었나 보다.

"아냐, 엄마도 요리 잘해!"

'녀석, 맛은 알아가지고선!'

그러더니 바로 진호가 하는 말.

"왜냐면 엄마는 생고구마도 잘 깎아 주시지, 사과도 잘 잘라 주시지."

헉. 그 말은 하지 말 걸 그랬어.
진호야! 그건 요리가 아니잖니.
너의 그 말에 엄마의 요리 실력은 설득력 상실하고, 엄마는 오히
려 창피해졌다고.

그래도 진호야 고마워.

엄마가 어찌 할머니의 정성과 손맛을 따를 수 있겠니.

할머니의 요리 Cook

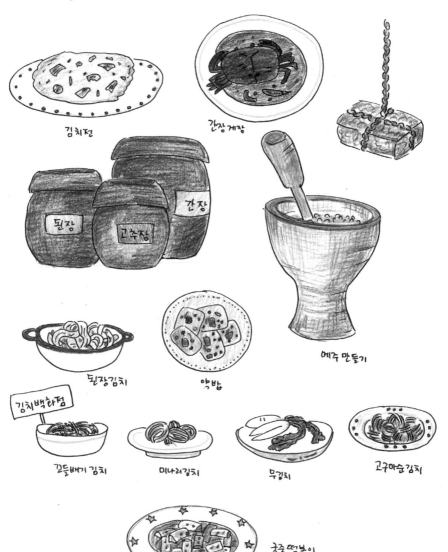

김치전

간장게장

된장 고추장 간장

된장김치

약밥

메주 만들기

김치벚화점

꼬들배기 김치

미나리김치

무김치

고구마순김치

궁중떡볶이

녹색할아버지

소미가 어느 날 사정하듯 말한다.

"엄마는 녹색어머니 하면 안 돼요?"

"엄마는 출근해야 해서 시간이 맞질 않는구나."

"저도 다른 친구들처럼 엄마가 학교에 자주 왔으면 좋겠어요. 녹색어머니회 하는 엄마들끼리 친하고 선생님하고도 자주 만난단 말이에요. 그럼, 아빠는요? 아빠가 하면 안 돼요?"

"아빠도 출근하셔야지!"

갑자기 아버님 방으로 달려가더니,

"음…… 아빠와 엄마는 출근해야 하니까 안 되고. 할머니는 밥하셔야 하니까 안 되고, 그럼 할아버지가 녹색할아버지라도 해주세요."

아버님은 녹색 띠를 두르시지는 않았지만, 소미가 입학한 이후 지금까지 스쿠터를 타고 다니시며 아이들을 등하교 시켜 주신다. 아이들을 기다리는 동안 다른 학생들이 횡단보도를 건너는 것을 돌봐 주셔서 학교 선생님들이 아버님을 알 정도로, 아버님은 언제나 그 자리에서 아이들의 녹색할아버지가 되어 주고 계신다.

내가 학교를 방문하게 되는 때면, 학교 선생님들은 아버님의 그런 따뜻한 마음이 학생들의 안전에 큰 도움이 되고 있다며 나에게 감사의 인사를 대신 전하기도 한다.

아이들의 등하교 길에 훈훈한 보살핌의 기운을 불어넣어 주고 계신 아버님. And.

책 읽기에도 촉감이 있다

동화책 읽어 주면 시간 가는 줄 모르는 윤호.
책 재미에 빠지면 책 더 읽어 달라고 조르며 잠도 안 자려고 한다.
두 살배기 진호를 재워야 하니, 내가 계속해서 윤호만을 위해 책
을 읽어 주고 있을 수도 없는 상황이다.

"윤호야, 세 권만 더 읽고 할아버지랑 읽자."
윤호는 그러겠노라 했지만, 세 권째 책 읽기가 마무리될 쯤엔 어
김없이 서운한 표정을 지었다.

"할아버지가 더 읽어 주신대."
하며 달래는데, 그래도 입이 삐죽 나와서는
"다르다고요! 할아버지는 책을 수염으로 읽으신다고요. 엄마가 읽
어 주는 건 부드러운데, 할아버지는 까끌까끌해요. 할아버지가 읽어
주면 까칠해서 재미없어요."

일흔 넘어 돋보기 쓰고 손자 녀석 책 읽어 주시느라 애쓰시는 아버님께 죄송하게, 재미가 없다니? 그것도 그렇게 직설적으로!
나는 아버님 뵙기 민망해서 윤호한테 나무라며 한마디 하긴 했지만, 엄마와는 다르게 투박한 어조의 할아버지 책 읽기에 아이답게 투정하는 표현이 귀엽기도 했다.

아버님께 죄송한 말씀이지만요, 제가 듣기에도 아버님 책 읽기는 서당에서 글 읽으시는 듯 들려서 처음에는 웃음이 나왔어요.
그런데 신기한 건요, 아버님의 어조가 동화책 읽기용 어조로는 어울리지 않는데도 어느새 아버님이 동화책 읽어 주시는 소리가 참 구수하게 들려요.
자꾸 듣다 보니 아버님의 동화책 읽기 톤만이 갖는 매력이 있더라고요.

아버님은 〈찌르찌르 미찌르 파랑새 이야기〉도 시조 읊듯이 읽으신다.
이 책에 그 녹음파일을 넣을 수 있다면 얼마나 좋을까? 큭큭.

'하늘 천 따 지 검을 현 누를 황' 이렇게 천자문을 읽는 톤으로 동화책 한번 읽어 보시라.

다들 아시지요? 어떤 톤인지?

수염으로 읽는 동화책.

VS

⑥~ 파랑새가 되었대요~ ⓑⓑ
행복은 ⓑⓑ 우리 마음 속에
있는거래요~ ⓑⓑ~~

└ 톤 넣어 주시고.
♛ 비둘기가 파랑새로 변해 있었어요. ♛
파랑새는 바로 우리곁에 있어요. ♛
♛ 집에서 커다란 새도 아름다운 눈으로 보면
행복의 파랑새가 되는거란다 그러니까~

(할아버지 책읽기에는 쉼표없슴,
 사족없듯 읽어버시라. 천자문 읽듯 읽어버야
 라 나타냄. 녹음파일을 넣고싶네요.)

할아버지의 수염 책읽기 mp3 And

우리가 할아버지, 할머니와 같이 사는 이유

소미가 1학년이 된 지 3개월째.
처음에는 다시 유치원으로 돌아가고 싶다고 해서 걱정이었는데,
한 달 정도 지나니 학교생활에 어느 정도 적응을 하기 시작했다.
그런데 어쩐 일이지 오늘 소미가 다시 시무룩하다.

"엄마, 왜 우리는 할아버지, 할머니랑 살아요? 그리고 우리는 왜
아파트에 안 살아요?"

"소미는 할아버지, 할머니랑 사는 게 싫어?"

"아뇨, 저는 좋은데 애들이 자꾸 놀려요. 아빠, 엄마가 집이 없어서
할아버지 집에 얹혀사는 거래요. 그리고 같은 아파트 사는 친구들
끼리 놀아요. 그래서 저는 단독주택 사는 친구들끼리 놀아 보려고
했는데 한 명밖에 없고, 그 친구 집은 우리 집이랑 너무 멀어요."

"아, 우리 소미 그래서 많이 속상했구나."

뭐라고 말해 주어야 하나. 핵가족, 아파트 문화에서 조금 벗어나 다르게 사는 우리의 모습이 미운 오리새끼 같았나. 친구들과 뭔가 다르다는 것이 마치 틀린 것처럼 느껴지는 지금의 문화 속에서 아이에게 우리가 사는 모습의 좋은 점을 무조건 강조하는 것은 별 의미가 없어 보였다. 그렇다면 뭐라고 해야 하나. 이러다가 소미가 왕따라도 당하면 어쩌지?

나는 소미의 보호자로서 어떻게 무엇을 해야 하나 생각하며 소미를 바라보고 있는데, 소미의 눈이 갑자기 반짝거린다.

"엄마, 좋은 생각이 났어요."

"뭔데?"

"제가 단독주택의 좋은 점을 아무리 설명해도 아이들은 제 말을

지구별 악동들의 가족놀이터

믿지 않고 놀리려고만 하거든요. 그러니까 직접 느껴 보게 해주고 싶어요. 우리 집에 친구들을 초대하면 어떨까요?"

소미의 얼굴에 생기가 돈다.

"좋은 생각이다. 그러자!"

소미네 집에서 파티를 열어요

소미는 반 친구들을 초대한다는 생각에 들떠서 초대장을 만들었다.
미운오리가 사실은 백조임을 알려야 한다면서, 스스로를 백조라
칭하는 굳은 의지로 소미는 철저한 계획을 세웠다.

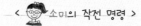

< 소미의 작전 명령 >

할아버지는 그릴에 불을 지핀다.

할머니는 잡채와 궁중 떡볶이를 만들고, 할머니 표 김치전을 부친다.

아빠는 아이들을 차로 데리고 온 뒤 바비큐 고기를 굽는다.

엄마는 김밥을 싸고 된장국을 끓인다. 그리고 동화구연을 준비한다.

윤호와 진호는 재롱을 떤다. 절대로 장난치지 않는다.

아이들이 쉽게 먹을 수 있는 통닭이나 피자는 시키지 않는다.

밥은 꼭 정원 벤치에서 파라솔을 치고 먹는다.

모든 명령은 소미의 지휘 아래 이루어졌다.

어른들도 역할 분담에 들어갔다.

각자 위치로!

그날은 열두 명의 아이들이 왔다. 토요일 하루 종일 온 가족이 출동하여 소미의 친구들을 맞이했다. 아니, 모시었다.

나는 아이들에게 이야기도 들려주고 책도 읽어 주었다.

피아노도 같이 치고, 그림도 그려 주었다.

나는 일일 유치원 교사 모드로 봉사하였다.

왜 우리가 대가족으로 살고 있는 지, 그 장점이 얼마나 많은지를 설명하고 싶었다. 그러나 나는, 꾹꾹 참았다. 우리 가족은 돈이 없어서 소미 할머니한테 얹혀사는 게 아니라는 변명 따윈 결코, 절대로 하지 않았다. 이날의 나는 무척 이상적인 엄마의 상을 구현해 내야 한다는 투철한 사명감으로 무장된 터라 참아야 했다. 구차한 변명은 '상냥한 소미 엄마' 속에 숨겨둔 채.

초대된 친구들은 가야 할 시간이 되자, 저녁까지 먹고 가면 안 되느
냐며 아쉬워했다. 부모님들이 걱정하시니 다음에 또 초대하겠노라
약속하고 집에 데려다 주었다.

그날 어린이 손님을 맞이하느라 어른 넷은 결국 몸살이 났다.
에구구 팔, 다리, 어깨야. 학부모 노릇하기 참 힘들다.

"애야! 학조부모 노릇도 힘들구나."

'어린이 손님이 더 무서운 게야.'라고 하시는 어머님 말씀이 맞았다. 나름 긴장을 했던 모양이다. 일요일에는 일어나기도 힘들었다.

하지만 주말을 지내고 난 후, 월요일. 소미가 학교에서 돌아온 뒤에는 그 몸살이 깨끗이 나았다. 소미의 친구들이 소미와 서로 놀자고 해서 순서를 정해서 놀아 주었다며, 행복한 투정을 하는 소미 덕분에 말이다.

소미가 말했다.
"엄마! 친구들이 제가 부럽대요. 할아버지, 할머니도 매일 볼 수 있고, 마당에서 뛰고 놀 수 있어서 좋겠대요. 그래서 제가 말했어요. 어떤 것이 다 좋기만 하고 다 나쁘기만 한 건 아니라고요. 너희들은 엘리베이터를 매일 타니까 좋지 않느냐고 했어요."

소미 말이 맞다. 모든 일에는 편한 점과 불편한 점이 공존한다. 우리가 사는 모습에도 좋은 점도 있고 부족한 점도 있다. 각자가 처한 삶의 저마다에는 그 속에 살지 않는 이상 완전히 이해할 수 없는 아픔과 기쁨들이 공존하고 있다.

우리 아이들이, 그리고 그의 친구들이 자신이 가진 것만이 옳고 자신과 다른 모습은 그르다고 생각하는 배타적인 생각들을 버리고 큰 울타리 안에서 하나임을 알며 살아가길 바란다. 왕따 문제가 심각하고, 다문화 가정이 늘어 가고 있는 요즘의 사회 모습을 슬기롭게 이겨 가려면, 우리 어른들이 아이들과 함께 노력해야 할 것이다.

나의 모습에 자신을 갖고 내가 가진 것에 감사를 찾을 수 있는, 나 그리고 우리가 되길 바라며.

지구별 악동들의 가족 놀이터

할머니들은 왜 손자를 강아지라고 부르는 걸까?

어머님이 유치원에서 돌아온 진호를 반기시며,

"우리 강아지 왔어?"

하신다.

그러자 진호가 어머님께 안기며 답한다.

"월! 월!"

어여와~ 우리 이쁜 강아지~

멍멍~
해줘~~~ ;;

손자=강아지 And.

내안에 강아지 있다;

사투리로 하니 용서가 되네

😊 진호가 네 살이 되더니, 부쩍 울음으로 일을 해결하려 드는 일이 많다.

😊 어머님이 넌지시 질문을 던졌다.

"진호야, 할머니는 요즘 진호가 안 예쁜데 왜 그럴까?"

"응, 그건 내가 자꾸 울어쌍게('울어대니까'의 전라도 사투리)."

😊 어머님은 네 살짜리가 사투리를 쓰는 것이 마냥 귀엽게만 보이나 보다. 혼 좀 내주려던 마음은 잊으시고, 😊 진호가 어른들의 사투리를 따라 하는 것을 자꾸 듣고 싶은 어머님은 계속해서 질문하신다.

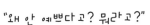 "왜 안 예쁘다고? 뭐라고?"

예의 바른 진호

어머님 생신 때 소미와 윤호가 편지를 쓰는 것을 보고, 진호도 열심히 편지를 썼다. 무엇을 그렸는지 정체를 알 수 없는 그림과 함께였지만, 양쪽에 수수깡을 붙여 둥글게 말아서 주는 제법 멋스러운 편지였다. 마치 조선 시대 서신처럼 말이다. 거기에는 이렇게 쓰여 있었다.

'할머니 사랑해요. 건강하세요. 진호 올림'

그리고 바로 며칠 후에 있는 아버님 생신 때도 진호는 그림 편지를 준비했다. 미리 보면 안 된다면서 비밀리에 준비한 그림 편지에는 진호의 깊은 뜻을 쉽게 알 수 없는 그림이 담겨 있었지만 진호는 아주 소중히 간직했다. 그리고 역시 편지 내용은 간단했다.

'할아버지, 생신 축하드려요. 오래 사세요. 진호 올림'

그리고 며칠 후 친구 생일 편지를 써 가야 한다며 열심히 편지를
쓰고 있는 진호.
그 편지 내용은 이렇다.

"소은아, 생일 축하해. 우리 사이좋게 지내자. 그리고 운동장에서
만나면 자전거 타자. 네가 〈겨울 왕국〉이 좋다고 해서 안나 사진을
선물로 줄게. 근데 나는 포켓몬스터를 좋아해. 알았지? 진호 올림"

나는 이 편지를 들고 한참 휴대폰에서 사용하는 이모티콘처럼 이
런 자세로 웃었다.

너무 웃었더니 눈물이 나네. 진호 올림. 나를……

가족 소개 | (할아버지는 할머니 영감)

유치원 재롱잔칫날.

온 가족이 진호의 재롱잔치를 보러 갔다.

진호는 세상에서 가장 좋아하는 할아버지를 선생님한테 소개하고
싶었나 보다.

진호는 아버님 손을 잡아끌며 유치원 선생님 앞으로 갔다.

진호가 아버님을 모시고 선생님 앞에 서자, 유치원 선생님은 진호
에게 물었다.

"어머나, 진호야 이분은 누구셔?"

그러자 진호는 아주 진지하게 아버님의 가장 중요한 역할 두 가지
를 소개했다.

"이분은요, 제 할아버지이자 할머니 영감이세요."

지구별 악동들의 가족놀이터

진호 **할아버지**이기 이전에 할머니 **영감**이었단다.

가족 소개 2 (성은 '고', 이름은 'NS')

진호는 막내라 그런지 두 살 아래 사촌 동생인 도원이를 무척이나
아끼고 예뻐한다.
도원이도 진호를 만나면, 말도 잘 듣고 참 잘 따른다.

옆집 할머니가 진호에게 물었다.

"진호는 막내라 동생 갖고 싶을 때가 있지 않니?"

"저도 동생 있어요. 서울에 살아서 자주 보진 못하지만요."

"아, 그래?"

"잠깐만요. 기다려 보세요."

그러더니 도원이와 함께 찍은 사진을 찾아와서는 옆집할머니께
보여 주며 하는 말.

"이름은 최도원인데요, 별명은 '고 녀석'이에요."

고녀석, 참 순하네.

혼자서도 잘 놀고.
라녀석, 참 커명죠?

'고 녀석'이라는 단어가
도원이만의 별칭이라고 생각한 진호 '녀석'.

소미가 고추장에 빠진 날

고추장 담기

재료: 인절미 반죽, 고춧가루, 메주가루 …

→ 빨간 대야

어! 저건 내 목욕통이다!

으앙~~

매워~~

 고추장 목욕 And 빨간 대야의 다기능.

216

The Star brothers and sister

아이들의 눈에 비친 세상

삼남매의 시선으로 재해석된 세상 모습

거미=스파이

소미, 윤호, 진호는 한창 윤호가 그린 그림을 보고 있다.
거미줄에 무당벌레가 잡혀 있는 그림이다.

진호: (거미를 가리키며) 얘가 스파이야?
소미: 스파이가 아니고 스파이더겠지.
스파이는 몰래 숨어서 행동하는 자를 뜻하는 말이야.

윤호: 그럼 거미가 스파이 맞네!
거미는 거미 줄 치고 몰래 먹이를 잡아먹잖아.
그니까 거미는 스파이네.

신분노출방지
선글라스

나, 스파이.

지구별 악동들의 가족놀이터

진호: (소미 한 번 보고 윤호 한 번 쳐다보더니) 거봐. 내말이 맞지?

정, 반, 합의 이론으로 이끌어 낸 결론.

The spider is a spy.

같은 속담에 대한 다른 해석

진호가 사고 싶은 장난감을 못 사서 잔뜩 골이 나 있는데, 윤호가
진호를 달래 본답시고 자꾸 말을 걸자 소미가 말했다.

"불난 집에 부채질하지 말고, 윤호야 그냥 이리와."

그러자 '불난 집에 부채질하다.'라는 속담의 뜻이 무엇인지에 대한
의견 차이로 소미와 윤호가 논쟁을 벌였다.

소미의 풀이는,
"속상한데 자꾸 불을 지르지 말라는 뜻이야. 불이 난데다가 부
채질 하면, 불이 더 번진다고."

한편, 윤호의 주장은 이렇다.
"아니야, 촛불을 끌 때 입으로 바람을 내서 끄잖아. 부채질하

면 불이 꺼지지. 이 속담의 뜻은, 집에 불이 나서 끄려면 더우
니까 옆에서 '부채질을 해준다.'는 뜻이야."

소미는 그게 아니라고 하면서도 윤호가 하도 천연덕스럽게 주장
을 하자, 어쩐지 윤호 말이 틀린 것 같지도 않은 듯, 윤호의 설득
력 있는 풀이에 고개를 갸우뚱하였다.

진정한 퓨전의 구현

"오랜만에 엄마랑 외식할까? 음…… 어디로 갈까?"

"퓨전레스토랑에 가 봐요."

"좋아!"

"그런데 엄마, 퓨전이 무슨 뜻이에요?"

"서로 다른 두 종류 이상의 것을 합쳐 새롭게 만든 것을 퓨전이라고 해."

소미와 윤호가 메뉴판을 보며 열심히 메뉴를 고르는 동안, 글씨를 모르는 진호의 메뉴 선정을 돕고자 물었다.

"진호야, 진호는 뭘 시킬까?"

"음…… 자장면하고 통닭이요."

"헉! 퓨전이네."

인터넷 세상

"엄마, 저는 왜 막내로 태어난 거예요?"

"음, 진호는 왜 셋째로 태어났는지가 궁금하니?"

"엄마도 그 이유를 모르세요?"

"어, 엄마도 그건 잘 모르겠네."

"그럼, 인터넷 검색을 해볼까요?"

진호가 막내로 태어난 이유를
인터넷 검색하면 정말 알 수 있을까?

붕어빵에는 붕어가 안 들어 있다

진호가 소풍을 가는데 과자 하나를 사 달라고 졸랐다.

'쵸코비'라는 과자를 꼭 사 가고 싶다는 것이다.

며칠 전 가래 기침이 심하여 한의원에 갔더니, 한의사 선생님이 진호는 쵸코가 들어간 과자는 먹으면 안 된다고 했기에 나는 이 말을 다시 강조하려 했다.

진호도 한의사 선생님 말을 새겨들었던지 '쵸코비'라는 말을 들은 나의 표정을 보더니 대뜸 말한다.

"엄마! 이름은 '쵸코비'인데요, 초코는 안 들어 있어요."

"이름이 쵸코비인데 쵸코가 안 들어 있다고? 그럼 왜 이름을 쵸코비라고 했을까? 엄마는 쵸코가 들어 있을 것 같다는 생각이 드는데……"

그러자 윤호가 끼어들며 한마디 거든다.

"엄마! 말하자면 새우깡에 새우가 안 들어 있고, 붕어빵에 붕어가
안 들어 있는 것과 같다고 보시면 돼요. 그러니까 진호 초코비 사
주셔도 돼요."

요 녀석들! 과자를 먹기 위해 뭔가 의기투합한 듯하다.
그래도 엄마가 이번엔 큰맘 먹고 초코비 사준다.
윤호가 진호를 도우려는 마음이 기특하니까.

풀빵에는 풀이 안 들어 있다!

아이스크림을 먹는 적절한 시기는?

진호 나이 네 살.

때는 바야흐로 1월의 추운 겨울.

진호는 뜬금없이 아이스크림이 먹고 싶다고 떼를 쓴다.

"할머니, 아이스크림 먹고 싶어요."

"이렇게 추운데 아이스크림 먹으면 쓰나?"

"그럼 언제 먹을 수 있어요?"

"아이스크림은 땀 많이 나고 더운 때 먹는 거야."

이 말을 들은 진호는 열심히 거실을 뛰어 다니더니 대뜸 할머니의
손을 가져가다 자신의 이마에 대 본다. 송글송글 땀이 맺혔음을
확인시키고는 이렇게 말한다.

"할머니, 아이스크림을 먹어야 할 때가 되었나 봐요."

지구별 아들들의 가족놀이터

한여름에는 군고구마가 먹고 싶다는 진호.

진호의 철없는 식성.

유사품에 유의하세요

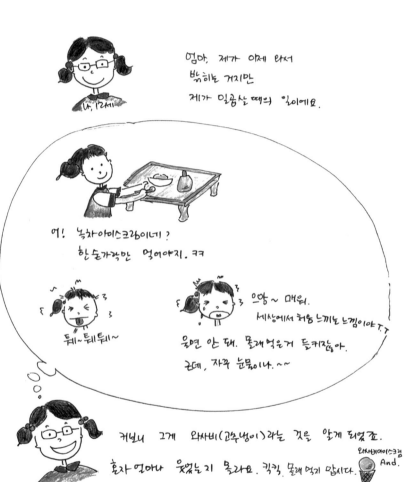

나, 12세

엄마, 제가 이제 다 커서
밝히는 거지만
제가 일곱 살 때의 일이에요.

어! 녹차아이스크림이네?
한 숟가락만 먹어야지. ㅋㅋ

퉤~퉤퉤~

으앙~ 매워.
세상에서 처음 느끼는 느낌이야.T.T

울면 안 돼. 몰래 먹은거 들켜잖아.
근데, 자꾸 눈물이나. ~~

커보니 그게 와사비(고추냉이)라는 것을 알게 되었죠.
혼자 얼마나 울었는지 몰라요. 킥킥. 몰래 먹지 맙시다.

와사비아이스크림
And.

치아의 각기 다른 역할

"엄마, 윗니 두 개가 없으니까

아랫니 없을 때랑은 또 다른 불편함이 있어요.

라면을 어떻게 끊여야 하는지 모르겠어요. 라면이

후루룩 후루룩 계속해서 입 안으로 자꾸 자꾸 들어와요."

아랫니와는 또 다른 느낌의 윗니

악몽

"할머니, 저 어제 악몽 꿨어요. -.-"

"에구, 저런 많이 무서웠겠구나!
내 강아지, 많이 무서웠지?"

"아뇨, 많이 더웠어요.
아, 글쎄 말이에요.
할머니께서 아이스크림을 주셔서 막 먹으려
고 하는데, 그런데, 깼어요.ㅠ.ㅠ

아…… 다시 생각해도 정말 아쉽다. 하나도
못 먹었어요.
이런 악몽을 꾸다니!"

지구별 악동들의 가족놀이터

"안 먹길 잘했어. 녀석아,
꿈에서 먹으면 감기 걸려!"

"꿈에서 먹는데도 감기에 걸려요?
그럼 안 먹길 잘했네. 다행이네요.
그렇지만요. 할머니, 그래도 아쉬워요.
아이스크림이 정말 맛있게 생겼었는데…!

할머니, 다시 잘게요. 아이스크림은
보는 것이라도 실~컷 해야겠어요."

아이스크림처럼
달콤한 꿈은 꾸거라~ And

그들만의 세상

외갓집 나들이에서 만난 일곱 살 동갑내기들.
앞니가 비어 있는 진호와 서연이는
서로를 보며 씩 웃더니 이런 대화를 시작한다.

"너는 양치질할 때 어떻게 해?"
"너는 라면 먹을 때 괜찮아?"
"나는 가끔 혓바닥이 거기서 쉬고 있어."
"나는 뽑은 지 오래 되었는데
어른들 말 안 들어서 아직도 이가 안 나와."
"나는 말을 잘 들어. 그래도 이가 안 나던데?"

앞니빠진 동병상련.

모기와 파리의 동료애

에고공~

모기가 우리 진호를 왜 이리 많이 물었대?

엄마, 전 아무 짓도 안 했어요.
모기한테 시비를 건 적도 없고요.
장난도 안 쳤는데,
가만히 있는 저를 막 공격했어요.

아 참,
혹시 제가 자기네들 동료인 파리를
너무 많이 잡아서 보복한 게 아닐까요?

~앙~ And
I'm 모기.
공격하라!!

238   지구별 악동들의 가족놀이터

긴장

윤호의 유치원 졸업식 날.

윤호는 유치원 졸업생 대표로 답사를 하게 되었다.

 울 형님, 답사하려면 긴장되겠다.

진호는 '긴장'이 무슨 뜻인지 알아?

긴장은, 가슴이 두근두근하는 거예요.

진호도 긴장해 본 적 있어?

우리 반 친구 소은이가 저 보러 결혼하자고

했을 때 두근두근했어요.

고백은 긴장을 동반하지 ♥AND♥

 나도... '긴장' 되고 있어~~

착한 아이도 안경을 쓴다

도무지 이해가 안 간다는 듯한 표정으로 진호가 말한다.

"엄마, 우리 반 친구 ○○이는요,
나빠서 안경을 쓴 게 아니고 눈이 안 좋아서 쓴 거래요."

"……? 진호야, 엄마는 이해가 안 가네.
눈이 나쁜 걸 눈이 안 좋다고 하는 거야."

그랬더니 진호가 발끈하며 하는 말.

"아니에요! 그 친구는 엄청 착한 애예요."

안경 썼다고 다 나쁜 사람인 건 아니라고!

착한 사람이 쓰는 안경.

'나쁘다'의 반대말은?

"엄마, 저는 오늘 착한 음식만 먹었어요.
과자랑 사탕을 하나도 안 먹었어요."

진호에게 있어 '나쁘다'의 반대말은 '착하다'였던 것이다.

우리는 착한 음식들

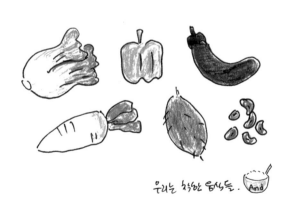

욕의 始發(시발)점은?

 아이들과 뉴스를 보고 있었다.
그때 뉴스에서는,

"이 문제의 시발점을 찾아……."

라는 말이 나왔다. 그러자 삼남매는
동시에 깜짝 놀라며 흥분을 한다.

"어떻게 뉴스에서 욕을 할 수 있어요?"

아, 그건 말이야…… @#$%%#

지구별 악동들의 가족놀이터

일곱 빛깔 무지개

친정에 가면 우리 아이들과 조카들 네 명을 합쳐 총 일곱 명의 아이들이 만나게 된다. 자주 만나지는 못하지만 만나면 참 잘들 논다. 나는 가끔 아이들을 줄 세워 앉혀 놓고 사진도 찍고 퀴즈를 내기도 한다.

퀴즈를 내면 아이들이 얼마나 엉뚱한 생각을 하고 있는지 알 수 있어서 배꼽 빠지게 웃기도 한다.

"자, 애들아 잘 듣고 아는 사람은 정답을 말하기 전에 손을 들어. 알았지? 하늘을 지키는 군인은 공군이라고 해, 바다를 지키는 군인은 해군이라고 한단다. 자 그럼, 육군은 어떤 군인일까?"

"저요, 저요!"

아이들 일곱 명은 모두 손부터 들고 보자는 식이다. 소미는 그중 가장 큰언니이다 보니 적당히 양보를 하고, 도원이는 너무 어려서 옆에 누나와 형이 하는 말을 따라 대답한다.

다들 저요! 저요! 손을 들었지만 점수가 뒤처져 있는 보경에게 기회를 주었다. 이번에 점수를 만회하면 아이들의 점수가 고르게 분포될 것 같았다.

"그래, 보경아, 육군은 어떤 군인일까?"

그러자 보경이는 아주 자신 있게 답했다.

"군인 여섯 명이요!"

음식 편지

고 녀석 도원이는 음식 편지를 좋아한다.

음악 편지도 아니고, 그림 편지도 아닌, '음식 편지'는 뭘까?

현관 앞에서 뭔가 한 아름 들고 오며 도원이가 하는 말.

"엄마, 우리 집에는 편지가 진짜 많이 와요.
오늘도 음식 편지가 세 개나 왔어요."

도원이 손에는 음식점 전화번호가 적힌
전단지와 마트 선전 전단지가 들려 있더라는.

음식 편지=음식점 광고 전단지

바람 맞은 시인

진호는 유치원에서 인기가 많은 편이다. 아니, 그보다 정확한 표현은 인기가 많은 편이라고 '짐작된다'이다.

많은 여자 아이들이 진호와 결혼을 하고 싶어 한다고 하는 걸 보았을 때나, 유치원 담임 선생님의 증언을 들었을 때, 친구들이 진호를 꽤나 좋아하는 편인가 보다.

집에서는 막내 티가 많이 나는데, 유치원에서는 그와는 반대로 무척이나 의젓한 모습을 보인다고 한다.

오늘도 진호는 인기 많은 하루의 일과를 나에게 보고한다.

"엄마, 오늘 참 재미있는 일이 있었어요."

"어, 무슨 일이 있었어?"

지구별 악동들의 가족놀이터

"송나리가 제 손을 잡으며 저랑 결혼할 거라고 친구들 앞에서 얘기했어요. 그랬더니 박소은이 자기가 저를 더 좋아한다고 하면서 제 옆에 왔어요. 그랬더니 김규빈이 자기도 제가 좋다고 하는 거예요. 그래서 셋이서 싸웠어요."

"그럼, 진호는 뭐하고 있었어?"

"저는 그냥 보고 있었죠. 근데 엄마, 신기한 일은 그다음에 일어났어요."

"세 친구들은 모두 치마를 입고 있었는데, 갑자기 바람이 놀러와 친구들의 치마에 손을 내밀어 치마가 뒤집혔어요. 그래서 셋은 깔깔대고 웃으며 바람으로부터 도망친다며 운동장을 막 뛰어다녔어

요. 서로 언제 싸웠는지도 모르게 부둥켜안고 웃더라고요. 저만
혼자 남겨 놓고요. 정말 어이가 없었어요."

"우와, 바람이 놀러왔다는 표현이 참 예쁜데? 우리 진호 마치 시
인 같아!"

"시인은 여자한테 인기가 많은가 봐요?"

"글쎄? 그럼 진호는 세 친구 중에 누구랑 결혼할 거야?"

"저는 아무하고도 결혼 안 할 거예요."

"왜?"

지구별 악동들의 가족놀이터

"저도 제가 마음에 드는 사람하고 결혼하고 싶거든요."

벌써 결혼관이 생긴 것일까. 진호의 의외의 대답에 웃음이 난다.

바람이 놀려라 바람 맞았다.

진호가 알아 버린 여자의 마음

여자 친구들한테 인기가 많다고 의기양양했던 어제와는 다르게,
진호가 흥분하며 얘기를 꺼낸다.

"엄마, 김규빈이 저를 떠났어요. 저랑 결혼 안 한대요. 이젠 서
장원이 더 좋대요. 여자애들은요, 맨날 이랬다저랬다 잘도 바뀌
어요."

"그래서 우리 진호가 많이 속상했겠네?"

"아니요, 어차피 저도 걔랑 결혼할 생각 없었어요. 김규빈은 시인
을 안 좋아하나 봐요. 그리고요, 송나리는 저를 때리고 갔어요.
좋아한다면서 어쩜 그럴 수가 있어요?"

"음, 좋다는 표현을 그렇게 한 게 아닐까?"

"아니에요. 여자애들의 마음을 붙드는 건 참 어렵네요. 제가 볼 땐 아마 누구에게나 여자 마음잡기는 불가능한 일인 거 같아요."

그렇게 말하고는 옆에 있는 남편을 쳐다보며 하는 말.

"그런데, 아빠는 엄마 마음을 어떻게 잡았어요?"

그야말로 시크하게 한마디 던지고 방으로 들어가는 진호를 보면서, 남편과 나는 어이없어서 서로 쳐다보며 웃고 말았다.

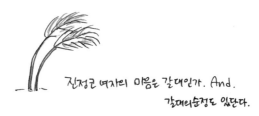

진정코 여자의 마음은 갈대인가. And.
갈대의순정도 있단다.

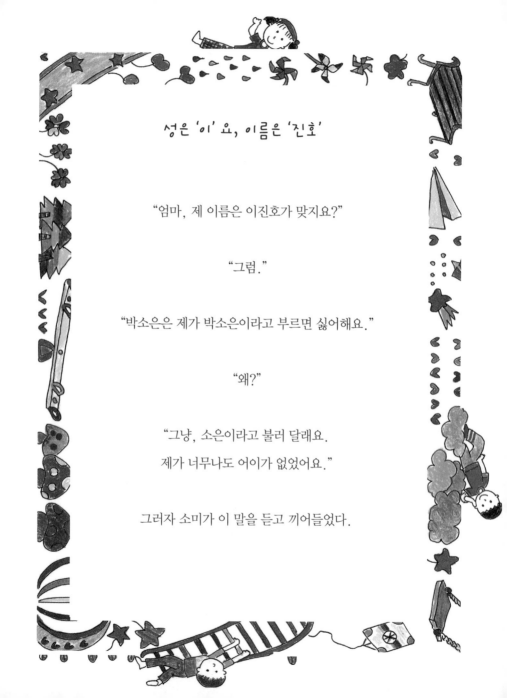

성은 '이'요, 이름은 '진호'

"엄마, 제 이름은 이진호가 맞지요?"

"그럼."

"박소은은 제가 박소은이라고 부르면 싫어해요."

"왜?"

"그냥, 소은이라고 불러 달래요.
제가 너무나도 어이가 없었어요."

그러자 소미가 이 말을 듣고 끼어들었다.

"엄마, 5학년 되니까 여자애들이 남자애들 이름에
성 안 붙이고 부르면 사귄다고 놀려서
꼭 성 붙여서 이름을 불러요."

"하하하! 그래? 엄마가 초등학교
다닐 때도 그랬는데. 재밌네."

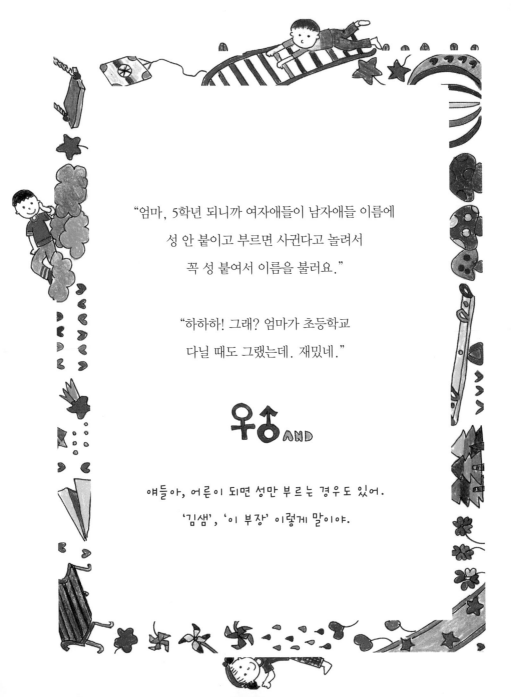

얘들아, 어른이 되면 성만 부르는 경우도 있어.
'김샘', '이 부장' 이렇게 말이야.

가을 고추 말리기

우리 집은 추석이 지나면 어김없이 고추 100근을 산다.
이는 김장 때 쓸 고추와 고추장 만들 고추를 준비하는 일로, 우리
집에서는 아주 중요한 가을일이다. 아버님과 어머님은 그 고추를
모두 닦고 말려서 보관을 하신다.

가을볕이 좋은 날 어머님이 말씀하셨다.
"날이 좋다. 볕이 좋으니 오늘은 고추를 말려야겠다."

이 말을 듣자 눈이 휘둥그레진 윤호와 진호는 동시에 거실 구석으
로 가서 고추를 두 손으로 가리고 서 있는 것이 아닌가.
그 모습을 보던 어머님은 웃으시며 말씀하신다.

"그 고추가 아니고, 이 고추 말린다고!"

지구별 악동들의 가족놀이터

아이들은 말한다.

축구 수비할 때 이렇게 서 있는 걸 봤다고. 고추를 지켜야 한다
면서…….

아, 그렇구나! 축구선수들이 수비할 때 골문만을 지킨 것이 아니
었구나.

따라쟁이들. 너희도 남자구나? 잘 지켜.

엄마한테는 없는 고추

진호가 세 살 때의 일이다.

목욕탕에 데려가면, 때를 안 밀겠다고 떼를 쓰곤 했다.

그럴 때면 나는 가끔 구운 계란을 사 주며 달랬다.

목욕탕을 왔다 갔다 하는 매점 아주머니한테 약간의 연기를 가미

하여 이렇게 말한다.

"아주머니! 우리 진호, 때 잘 밀었으니까 계란 하나 주세요!"

그런데 어느 날은 갑자기 진호가 이렇게 물어오는 것이 아닌가.

"엄마는 왜 고추가 없어요?"

나는 입을 삐쭉 내밀며 고추가 없어서 서운하다는 듯 말했다.

"엄마는, 고추가 없어."

그러니 진호가 대뜸 말한다.

"제가 사 줄까요?"

"아냐, 그건 살 수 있는 게 아니란다."라는 나의 말이 채 끝나기도
전에, 목욕탕 매점 아주머니의 등장. 진호는 아주 서슴없이, 내가
손 쓸 틈도 없이 큰소리로 외쳤다. 목욕탕만이 갖는 에코와 함께.
"아좀마(진호는 '줌' 발음이 안 된다), 우리 엄마 때 잘 밀었으니까 고
추 하나만 주세요."

'그게 그렇게 손쉽게 살 수 있는 게 아니거덩~~~!'

고마워, 엄마한테 없는 건
다 사 주고픈 아들.

김장할 고추는 있어.

AND

사이다에 들어 있는 것은?

진호가 다섯 살이 되어서 처음 먹어 본 탄산음료.
사이다를 한 모금 마시더니 인상을 쓰며 하는 말.

"엄마, 이 주스에는 가스레인지가 들어있나 봐요.
가슴속에서 탁탁탁 소리가 나는 거 같아요."

"진호야, 살다 보면 사이다가 가슴을 타고 가는 듯한
찌릿한 순간도 경험해 보게 될 거야."

가스레인지의 점화 소리도 탁탁탁!

지구별 악동들의 가족놀이터

코가 찍찍거리는 것을 없애는 최적의 처방

윤호가 코 한쪽을 누르며 말한다.

"엄마, 코가 찍찍거려요."

진호는 해맑게 말한다.

"형님, 그럼 코에 고양이를 키우면 되잖아."

코 안에서 적과의 동침.

고양이 세수란?

"진호야, 세수 해야지."

진호는 한 손에 물을 묻히고 얼굴 한 번 쓱~하더니, 세수를 다 했다는 것이다.

그 모습을 지켜보고 있던 나는 진호에게 다가가 말했다.

"진호야, 고양이 세수 했구나!"

"엄마는 제가 고양이 세수한 걸 어떻게 아셨어요? 물이 흘러서 고양이가 할퀸 것처럼 되었나요?"

"아! 진호는 그게 고양이 세수라고 생각한 거니?"

지구별 학동들과 가족놀이터

나는 진호의 '고양이 세수' 해석에 웃음이 나서 세수 대충하지
말고 제대로 하라는 말을 놓치고 말았다.

＊ 고양이 세수의 사전적 의미

세수를 하되 콧등에 물만 묻히는 정도로, 하나 마나 하게 하는 세수를 뜻함.

＊ 고양이 세수의 진호적 의미

세수를 하며 묻힌 물이 고양이가 할퀸 것처럼 얼굴에 흐르도록 하는 세수. 즉

고양이 세수

And.

1+1=?

"엄마, 우리 반 애들은 수학을 못하나 봐요."

"왜?"

"일 더하기 일은 이가 맞지요?"

"그렇지."

아주 어이없는 표정을 지으며 하는 말.

"아, 글쎄 친구들이 일 더하기 일은 귀요미라잖아요."

2더하기2도   귀요미 ~ ♪~ 란다.   (AND ♪~)

지구별 아름들의 가족놀이터

'참'인 명제의 역이 반드시 '참'은 아니다

"엄마, 저는 훌륭한 과학자가 될 수 있을 거 같아요."

"그래? 왜 그렇게 생각하게 되었지?"

"오늘 유치원에서 에디슨에 대해서 배웠는데,
에디슨이 어렸을 때 사고뭉치에 말썽쟁이였대요.
근데 훌륭한 과학자가 되었대요.
저도 맨날 사고만 치는 사고뭉치 이진호잖아요.
저는 에디슨같은 과학자가 될 거예요."

우유팩, 휴지심, 수수깡을 들고 뭔가를 만들겠다며 의욕에 불탄
'사고뭉치 과학자' 이진호 군.

훌륭한 과학자가 되는 첫 번째 조건!
어린 시절 사고뭉치여야 한다.

[별의별 문제]
다음의 명제가 참인지 거짓인지 맞는 것에 동그라미 치시오.

명제
: 훌륭한 과학자는 어렸을 때 사고뭉치였다.
　(참 / 거짓)

명제의 역
: 어렸을 때 사고뭉치이면 커서 훌륭한 과학자가 된다.
　(참 / 거짓)

분명히 여기 뒀는데…

뒤적뒤적~

진지! 심각!

깔데기 놀음기

진호가 만든 방범 장치

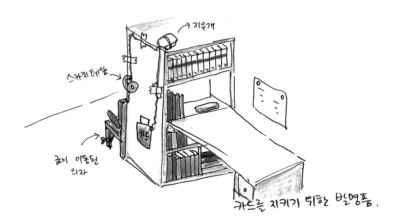

지우개

스케치테이프

줄이 이동된 의자

카드를 지키기 위한 발명품.

진호의 설명에 의하면, 이 방범 장치는 진호의 보물인 카드에 누군가가 손을 대면 털실이 움직여서 장치된 지우개, 빗, 블록이 도미노처럼 머리에 떨어진다는 것이다.

그러나 내가 진호의 방범장치를 자세히 보니 지우개는 무거워서 내가 카드에 손을 대기도 전에 내 정강이 근처에 매달려 있었고,

지구별 악동들의 가족놀이터

카드에 있는 줄을 세개 잡아당겨야만 블록이 떨어졌다. 웃음이 금방이라도 터져 나올 것 같았지만, 자신이 만든 방범 장치에 엄청 뿌듯해 하는 진호를 보니 웃어서는 안 될 거 같아 꾹 참았다. 그리고는 놀라운 방범 장치라며 진호를 향해 감탄을 퍼부었고, 그 발상과 노력에 박수갈채를 보냈다. 그리고 지우개로 발등을 맞아서 엄청 아픈 척을 했다. 진호는 이 모습에 쾌재를 불렀다.

※ 오늘의 명제
훌륭한 과학자 뒤에는 연기력이 뛰어난
엄마가 필요하다.

넌, 차남이야

 나는, 장녀야!

 나는, 장남이야!

 그럼, 나는?(샐쭉)
...·····

 나는, 장난꾸러기야! 헤헤

나는, 장모야! ^^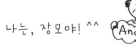

지구별 악동들의 가족놀이터

소화기와 소화제의 공통점

 엄마, '소화제'라는 말에 왜 '소화'가 들어 있는지 알았어요. '소화기'와 '소화제'는 '끄다'는 공통점을 갖고 있어요.

 소화제라는 말에도 '끄다'는 의미가 들어 있다고?

 소화기는 불을 끄지요.

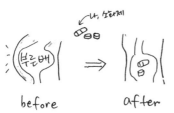 소화제는 부른 배를 끄잖아요!^^

나, 소화제

부른배

before   after

과식했나 봐, 배가 안 꺼지는군.

-부른배-

오늘의 날씨는?

윤호가 한 달 간의 날씨 예보를 작성했다며 보여 준다.
처음에는 건성으로 보고 재미나게 잘 그렸다고 했는데,
자세히 보다 보니 새로운 날씨 현황에 빵!!! 터지고 말았다.

윤호는 (보통 '구름 많음'이라고 표시함)을 '가린'이라고 표현해
놓은 것이다.
아마도 해가 구름에 가렸으니까 윤호는 그렇게 표현하는 게 적절
하다고 생각한 모양이다.

윤호만의 날씨 표시가 재미나다.
'오늘은 해 가린 날씨가 예상되며……'

지구별 악동들의 가족 놀이터

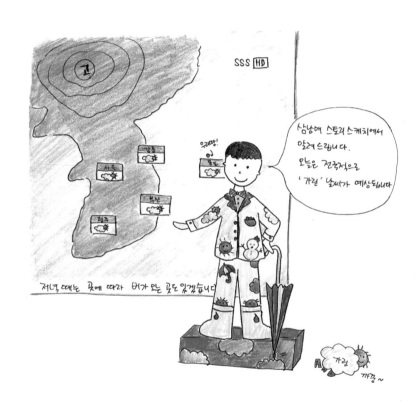

그들만의 포즈

진호는 사진을 찍을 때마다 중지와 검지를 벌려
눈 옆으로 가져가서 포즈를 취한다.
진호의 사진은 모두 이 포즈.

어린이집에서 보내온 사진을 보니,
친구들도 모두 이 포즈.

조카가 다섯 살 되니,
조카도 이 포즈.

이것은 다섯 살들의 유행 포즈.

엔디워홀 - "마릴린 5세" ND

스타킹, come in

룰루 랄라~~

엄마와 함께하는 나.들.이.

그런데......

어머나, 어떻게 해. T.T

왜요? 엄마!

구멍. 뻥뚫려버린...

스타킹

스타킹이 나.갔.어 ~~~T.T

그럼, 빨리 들어오라고 하세요!

스타킹아, 어서 들어와. And

The Star brothers and sister

마음 정원을 가득 메운 **따스한 햇살**

아이들의 사랑스러운 마음이 전해 준 따뜻하고 행복한 시간

삼남매의 사계절

[봄]

소미가 밤거리를 거닐어 보자며 데이트 요청을 한다.

벚꽃 사이로 가로등 불빛이 달빛인양

고개를 내미는 밤거리를 딸과 함께한다.

'그대여~ 그대여~ ♪ ♩ ♬'

벚꽃 구경으로 하루를 마무리 하는,

모녀의 벚꽃 엔딩.

지구별 아들들의 가족놀이터

[여름]

우리 집의 여름 물놀이는 '하우스 워터 파크'에서

[가을]

눈이 시리도록 파란 하늘, 가슴이 아리도록 맑은 하늘.

가을 하늘을 닮은 아이들아, 반가워. 고마워.

지구별 악동들의 가족놀이터

[겨울]

겨울 찻집. 잠시 예술인이 되는 시간, 잠시 이방인이 되는 공간.

잠시 현실을 잊게 하는 무릉도원, 잠시 걱정을 잊게 하는 아름다움.

그러나 그 감흥과 추억은 영원할 인연의 깊이

삼남매를 위한 동화

[봄 1]

눈 내리고 세찬 바람이 불었던 겨울의 끝자락입니다.
소미, 윤호, 진호가 거실에서 놀고 있습니다.

"와~ 누나! 바람이야!" 윤호가 거실 문을 가리키며 말했어요.
누군가가 열어 놓은 문틈 사이로 차갑지 않은 바람이 솔솔 들어오
고 있네요.
셋은 문 앞에 모여 앉았어요.

소미가 말하네요.
"따스하다."

턱을 들고 바람을 얼굴로 느끼던 윤호가 말합니다.
"간지러워."

진호가 크게 숨을 들이 쉬며 바람의 냄새를 맡습니다.

"음, 향기로워."

셋은 한참동안 바람과 이야기를 했어요.
소미, 윤호, 진호는 미소를 머금으며 바람을 덮고 누웠습니다.
소미는 따스하게 뺨을 쓰다듬는 바람과,
윤호는 몸을 간질이는 바람과,
진호는 향기롭게 몸을 감싸는 바람과 함께.

꽃이 피고 따사로운 바람이 부는 봄을
삼남매는 온몸으로 맞이하고 있습니다.

[봄 2]

"어, 이게 뭐지?"
창문으로 들어오는 무언가를 손에 움켜쥔 진호가 고개를 갸우뚱하며 말합니다.

"뭐가?"
동화책을 보던 윤호가 고개를 들고 바라봅니다.

하얗고 동그란 모양의 자그마한 것이 흩날리고 있습니다.

"눈인가?"
윤호가 고개를 갸우뚱하며 창밖으로 손을 내밀어 봅니다.

"근데, 형, 차갑지가 않아."
진호가 손으로 비벼 봅니다.

그림을 그리던 소미가 고개를 들어 창밖을 바라보며 말합니다.
"솜인가 봐?"

진호는 손에 쥐어진 그것을 만지작거리며 말합니다.

지구별 악동들의 가족놀이터

"푹신푹신하지도 않아."

"그럼 뭘까?"

셋은 창 쪽으로 모였습니다.

진호가 창밖으로 고개를 쭉 뺍니다. 윤호도 창밖으로 고개를 내밈니다. 소미도 창밖으로 몸을 기울여 봅니다.

"우와!"

아이들의 탄성소리에 엄마가 설거지를 하다가 아이들이 있는 곳
으로 가서 함께 창밖을 바라봅니다.

마당에 있는 벚꽃 나무에서 새하얀 꽃잎이 바람을 타고 내려오고
있네요.

"우와! 꽃눈이 내리고 있구나!"

And.

진호의 세레나데

나는 공원에서 아이들 노는 모습을 물끄러미 지켜보고 있었다.
더위와 육아로 지쳐 있던 나.
집에 들어가서 쉬고 싶은 마음이 굴뚝같았다.
그렇게 멍하니 아이들을 바라보고 있는데, 갑자기 진호가 달려오
며 뭔가를 내밀었다.

"엄마, 제가 엄마를 위해 준비한 꽃다발이에요. 힘내세요!"

강아지풀 두 개 꺾어서 내밀며 꽃다발이라고 말하는 진호.
그 말에 내 얼굴에는 웃음꽃이 활짝 핀다. 지친 마음도 쫙 펴진다.

사랑의 강아지풀 다발.

마음 정원을 가득 메운 따스한 햇살

따뜻한 말 한마디

진호야, 엄마는 오늘 위로가 필요해.

엄마, 위로는 어떻게 해줄거예요?
제가 해드릴게요.

음... 위로는 말야,
따뜻한 말로 마음을 토닥여주는 거란다.

전기매트, 가스레인지, 촛불, 난로,
음 ... 음... 다리미)......
엄마, 위로가 되었어요?

어~ 따뜻해졌어.
고마워 ♡

내 마음 가득한   따뜻한 말들.

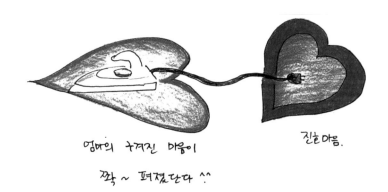

엄마의 구겨진 마음이

짝~ 펴졌단다 ^^

진심 마음.

따뜻한 위로의 한마디. And.

엄마 마중

내가 퇴근하면 가장 먼저 가는 곳은 옷방이다. 생활복으로 갈아입으려고 옷을 집어 들었더니 그 밑에 무언가가 있는 것이다. 윤호의 편지 그리고 선물이 놓여 있었다. 여섯 살짜리 윤호가 처음으로 마련한 깜짝 마중이 나를 감격스럽게 했다. 그리고 선물을 보고 웃음이 났다. 선물은 바로 마이쮸와 지우개 달린 연필. 아마도 윤호는 친구 생일 선물 준비하듯 마련한 모양이다. 어른을 위한 선물은 아니지만 윤호에게는 소중한 것들. 윤호는 무척이나 먹고 싶었음에도 기꺼이 나에게 내어 주었을 것이다. 선물은 그렇게 하는 것이라는 것을 알고 있는 듯하여 기특하기도 하고 귀엽기도 해서 윤호가 마련해 놓은 선물에 나는 한참을 웃었다.

그렇게 윤호가 여섯 살 때부터 시작한 선물 마중은 지금까지도 이어진다.
윤호는 지금도 내가 퇴근해서 제일 먼저 가는 곳에 무언가를 놓아

지구별 악동들의 가족놀이터

둔다. 가끔 놓아두는 것을 잊으면 퇴근하는 나의 손에 쥐어주고
가기도 한다. 여전히 그 선물은 업그레이드되지 않고, 사탕, 캐러
멜, 캐릭터 스티커, 앵그리 버드 지우개. 뭐 이런 것들이다. 그리
고는 먹었느냐고 잘 썼느냐고 꼭 확인을 하는 윤호.
선물이야 값비싼 것들도 아니고, 나에게 필요한 것들도 아니지만,
윤호의 사랑의 마음이 담겨 있으니 나는 받을 때마다 흐뭇하다.

오늘은 뭘 주려나? 나는 퇴근하자마자 옷방으로 걸어간다. 윤호
가 황급히 나를 따라와 내 손에 무언가를 쥐어 준다. 비즈공예로
만든 팔찌. 낚시 줄에 엮어서 만든 팔찌가 제법 그럴듯했다. 얼마
나 오랫동안 손에 쥐고 있었는지 팔찌에 윤호의 따스한 체온이 남
아있다.

"와~~ 예쁘다. 윤호야, 잘 쓸게."

나는 살짝 팔찌에 손을 넣어 보았다. 에궁, 어쩌지 작아서 안 들
어간다. 모처럼 실용적인 선물인데 쓸 수가 없다. 윤호가 왜 안

차고 다니느냐고 물어 볼 텐데. 귀하고 소중해서 사무실에서만 착
용한다고 해야지.

"팔찌가 진짜 예쁘다. 고마워, 윤호야."
그 말에 윤호는 씩~ 웃으며 말한다.

"엄마, 다음번엔 목걸이 만들어 드릴게요."

"어, 그래. 고마워."

이번엔 머리가 안 들어가는 일이 없도록~~~
사랑의 선물 마중.

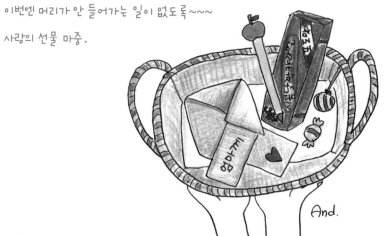

And.

발가락 얼굴

오늘은 유난히 사무실에서 민원인도 많았고, 처리할 일도 많아서 몸이 많이 피곤하다.

소미가 지쳐 있는 나에게 발을 들이민다.

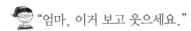 "엄마, 이거 보고 웃으세요."

발가락에 얼굴을 그려서 내 코앞에 클로즈업 시키고는 소미가 하는 말.

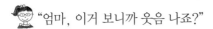 "엄마, 이거 보니까 웃음 나죠?"

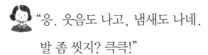 "응. 웃음도 나고, 냄새도 나네.
발 좀 씻지? 큭큭!"

"잉? 엄마 웃으라고 그린 건데……."

 "소미야, 사실은 힘든 게 모두 사라졌어!
생각할수록 웃음이 나네."

지구별 학들들의 가족놀이터

가상 친구 만들기

"진호야, 누구랑 얘기하는 거야?"

"왈왈이요."

"왈왈이가 누구야?"

얘 말이에요.
제 이야기를 얼마나
잘 들어주는 지 몰라요.

제가 말하면 줄곧
듣기만 해요.

"제 친구요."

네 살배기 진호의 가상 친구 And

왈왈이 베개

왈왈이는 강아지 모양으로 된 아이들의 베개다. '왈왈이'라는 이름은 진호가 붙인 것이다. 이 베개는 소미가 두 살 때 어머님이 사주신 유아용 베개다. 그것을 윤호와 진호가 차례로 물려받아 썼다. 윤호는 진호가 두 살이 되었을 때, 이 베개를 물려주며 몹시 안타까워했다. 윤호는 이 베개가 있어야만 잠이 들 정도였기에 진호에게 물려줄 때는 달래고 달래는 과정이 필요했다. 윤호는 두 살부터 네 살까지 잘 때마다 베개에 있는 강아지 꼬리를 잡고 만지작거리며 잤기 때문에 진호가 베개를 물려받았을 때는 이미 꼬리가 거의 닳아 없어진 상태였다.

이런 역사를 가진 왈왈이 베개를 세 아이들은 유난히 좋아한다.

삼남매의 손과 머리를 거쳐 온 왈왈이 베개는 삼남매의 엄청난 애착과 독보적인 사랑을 받고 있다. 아이들이 커 가면서 집에 있는 다른 인형들은 버려져도 이 베개는 생존하고 있을 정도로 말이다.

세 아이와 함께한 이 베개는 이젠 정말 너덜너덜해졌다. 베개가
빨아도 깨끗해지지도 않고, 강아지 코 부분은 거의 닳아 없어진
데다가 그나마도 일부분은 찢어졌다. 언젠가는 어머님이 이 모습
을 보고 도저히 안 되겠다며 새롭고 깨끗한 베개를 하나 사 놓고
왈왈이 베개를 쓰레기봉투에 담아 밖에 내놓으셨다.

그런데 그날 밤, 베개는 다시 진호의 머리맡에 떡 하니 자리 잡고
있었다.
버리려고 내놓으면, 다시 그 자리로 되돌아와 있는 왈왈이.

우리 아이들의 추억이자 수많은 밤을 함께한 소중한 친구, 왈왈이.

이 책에 왈왈이 얘기가 안 나오면 서운함을 넘어 삼남매의 항의를
받을 것 같아서 왈왈이를 소개하는 바이다.^^

내가 삼남매를
재워 주 고 키웠다고!

And.

마음 정원출 가득 메운 따스한 햇살

엄마의 사랑을 확인하는 아이

아이에게 동화를 읽어 주다 보면, 되레 내가 더 감동받게 되는 때가 있다. 누워서도 그 구절을 음미하게 되는 내용도 있다.

진호와 읽은 동화책 가운데 아이가 엄마의 사랑을 확인하다가 엄마의 사랑이 사라질까 두려운 마음을 엄마에게 이렇게 질문으로 표현하는 대목이 있었다.

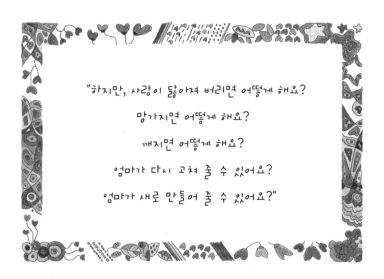

"하지만, 사랑이 닳아져 버리면 어떻게 해요?

망가지면 어떻게 해요?

깨지면 어떻게 해요?

엄마가 다시 고쳐 줄 수 있어요?

엄마가 새로 만들어 줄 수 있어요?"

어른이라고 해서, 엄마라고 해서 세상 모든 일에 대한 답을 알고 있는 건 아닌데, 아이들은 엄마가 모든 문제의 답을 다 알고 있을 것이라고 생각하나 보다.

답할 수 없는 일들이 더 많다는 것을 살면서 알아 가는 게 '인생'일 지도 모른다.
많은 사람들이 살아오면서 사랑에 대해 끊임없이 질문하고 답을 구하는 과정이 자연스럽게 쌓이고 이루어진 것이 '역사'라는 이름 을 갖게 되었는지도 모른다.

나도 궁금하다. 사랑이 망가지면 어떻게 해야 하는지, 고칠 수는 있는 건지.
영원한 의문이자 인류의 수수께끼, 바로 사랑.
어렵다. 사랑이 뭐길래.

그러나 분명한 건, 아이는 엄마의 사랑을 먹고 산다는 것.
아이가 느끼는 첫사랑은 엄마여야 한다는 것.

나는 삼남매의 첫사랑^^

And.

마음 정원을 가득 메운 따스한 햇살

물고기는 죽으면 어디에 묻어야 하지?

문방구에서 3마리에 2천 원 하는 금붕어를 사 들고 온 삼남매.
반찬통에 물을 담아서 키워 보겠단다. 이름도 지어 주었다. 삐삐,
뽀뽀, 빼빼.

나는 조금 걱정되었다. 이 금붕어들이 얼마나 오래 살까?
아이들이 생명의 죽음을 보고 어떻게 반응할지, 아이들이 가슴 아
파하는 모습을 봐야 한다는 것이 두려웠다.
내가 어린 시절, 학교 앞에서 파는 노란 병아리를 사 들고 와서 키
우다가 며칠을 함께하지도 못하고 싸늘한 시체로 땅에 묻어야 했
던 슬픔을 떠올리며, 나는 금붕어들을 보면서 기대보다는 걱정부
터 앞섰다.

금붕어들이 첫날밤을 잘 넘길 수 있을까 걱정했는데, 세 마리의
금붕어는 생각보다 오래 살았다.

지구별 약동통의 가족놀이터

그런데 드디어 내가 걱정하던 '그날'이 찾아왔다.

일주일이 지난 아침. 금붕어 한 마리가 물 위에 둥둥 떠 있는 것이다. 나는 망설였다. 이 모습을 아이들에게 보여 주는 것이 나을까. 아님, 내가 알아서 처리를 해주어야 하는가.

아무래도 죽은 모습 그대로 보여 주는 것은 아이들에게 큰 충격일 거라고 생각했다. 그래서 나는 비닐장갑을 끼고 죽은 금붕어를 건져 마당에 묻어 주고, 나무젓가락으로 표시를 해두었다.

일어나자마자 금붕어한테 인사하러 간 진호가 놀라며 말했다.

"빼빼가 없어졌어요."

내가 볼 땐 다 똑같이 생겼는데 진호 눈에는 구별이 되었던 모양이다.

나는 한참을 망설이다가 사실대로 말해 주었다.

"진호야, 빼빼가 힘들었나 봐. 하늘나라로 갔어. 엄마가 화단에 묻어 주었어."

그 말을 들은 진호가 마당으로 달려 나가 금붕어의 무덤을 보더니, 나에게 원망하듯 말했다.

"엄마는 너무해요. 금붕어는 물고기인데, 금붕어를 땅에 묻어 주면 어떻게 해요?"

이건 또 무슨 소리인가 싶어 눈만 껌벅이는 나에게 진호가 흥분하며 설명을 덧붙인다.
"금붕어는 땅에서는 숨을 쉴 수 없잖아요. 물에 있어야 편한데, 어떻게 숨을 쉬라고 땅에 묻어 주신 거예요?"

나는 솔직히 순간 무척 당황했다. 생각지도 못한 공격에 할 말을 잃었다.

"……?"

"하늘을 날려면 힘이 있어야 할 거 아니에요. 금붕어는 물에다 묻

지구별 악동들의 가족놀이터

어 주셨어야지요?"

쩝. 아이들이 금붕어의 죽음에 슬퍼할 것을 다독일 준비하며 예상 시나리오를 모두 짜 두었는데 진호의 의외의 반응에 나는 빗나간 시나리오를 머릿속에서 다 구겨 버렸다. 그리고 뭐라고 말해야 하는지 도통 알 길이 없어서 서둘러 위로 모드로 마무리했다.

"아, 엄마가 그 생각은 못했다. 진호야, 생명체는 언젠가 죽는단다. 너무 슬퍼하지 마."

울다 불다 마음을 가라앉힌 진호를 나는 그냥 안아 줄 수밖에.

진호를 안아주며 나는 생각했다.
근데 말이지, 물에 어떻게 묻어?

날아라, 금붕어.
얄리~♪
AND.

마음 정원은 가득 메운 따스한 햇살

배려를 배워 가는 소미

소미가 신발을 신으려는데, 사탕이 신발에 붙어 있었던 모양이다. 소미는 끈적거리는 느낌이 싫다고 짜증을 내며 사탕을 밖으로 던져 버렸다.

투덜대며 세 발짝 걸어가더니, 다시 돌아와 사탕을 주워 쓰레기통에 버린다.

"소미야, 손에까지 묻으면 더 끈적일 텐데 왜 다시 와서 사탕을 주웠어?"

"엄마, 생각해 보니까 나중에 다른 사람도 저처럼 사탕이 신발에 붙으면 기분이 나쁘잖아요. 제가 치우면 다시는 찡그리는 얼굴은 없을 거예요. 손이 끈적거리는 건, 물로 씻으면 돼요."

사탕발림이 아닌, 있는 그대로의 마음. And.

지구별 아들들의 가족 놀이터

소미는 라디오 DJ

"소미야, 엄마가 진호를 재워야 하니까 소미는 윤호 동화책 좀 읽어 주고 있을래?"

"네, 엄마."

일곱 살 소미는 생각보다 윤호를 잘 이끌며 책을 재미있게 읽어 주려고 노력했다.

소미가 읽어주는 책 내용에 한참 귀 기울여 듣던 윤호가 소미에게 말한다.

"누님은 라디오 같아. 듣고 있으니 참 좋아."

둘이 바짝 붙어 앉아 책을 보는 모습이 무척이나 사랑스럽다.

지구별 악동들의 가족놀이터

And.

백 점이라고 써 줄게

명절을 앞두고 어른들이 분주한데 세 살 된 진호가 전화벨 소리에
깨서 칭얼댄다.

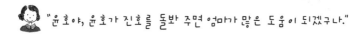 "윤호야, 윤호가 진호를 돌봐 주면 엄마가 많은 도움이 되겠구나."

그랬더니 윤호는 이면지와 색연필을 들고 와 세 살 된 진호에게
내밀면서 하는 말.

"진호야, 그리고 싶은 거 있으면 아무거나 다 그려. 형님이 볼펜으로
'백 점'이라고 써 줄게."

진호의 눈높이에 맞게 고개를 옆으로 해가면서 다정스럽게 말하
는 윤호.

윤호의 노력이 무색하게 진호는 여전히 떼를 피운다. 그래도 윤호는 다시 진호를 달래 본다.

 "진호야, 그럼 형님이 책 읽어 줄까?"

그러자 진호는 고개를 끄덕인다. 진호에게 찬찬히 설명을 덧붙여 가며 책을 읽어 주는 윤호의 모습이 어찌나 사랑스럽던지.

윤호야,
엄마는 윤호의 동생
돌보기의 다정함에
'백 점' 이라고
써 줄게.

이심전심

부모의 감정은 아이들에게 그대로 전달된다.

'안 좋은 감정도 그대로 전달되고, 아이가 그로 인해 불안감을 느낄 수 있으니 주의를 기울여야 한다.'는 교과서 같은 말에 따라 유념하며 노력해 보지만, 엄마도 사람인지라 이것이 항상 가능한 일도, 쉬운 일도 아니다.

소미가 열 살이 되고 보니, 내가 감정을 다스리는 동안에 이미 알아채고는 슬쩍슬쩍 눈치를 보기도 한다.

이러저러한 일들로 속이 좀 상한 일이 있었던 날. 나름대로는 내색하지 않고 소미의 숙제를 봐준다고 소미 옆에 앉아 있는데, 불현듯 소미가 나의 등을 쓰다듬으며 말한다.

"우리 엄마 안쓰러워. 엄마! 마음에 담아 놓지 말고 혼자만 힘들어

하지 마세요. 엄마도 속상하면 바깥으로 말을 해요."

나는 순간 엄청 당황했다.
나는 나의 안 좋은 감정을 숨긴다고 숨겼는데, 아이는 다 느끼나
보다.
또한 소미가 벌써 이런 말을 나한테 해줄 만큼 컸다는 사실에도
놀랐다.

내가 더 속상해지는 일이 일어나지 않게 하려고 동생들을 더 잘
돌보고, 동생들이 괴롭혀도 웃으며 참아 내는 소미를 보면서 생각
했다. 내가 속상할 일들이 뭐가 있겠는가. 이렇게 든든한 아이들
이 곁에 있는데.

고맙다. 소미야! AMD

용서하는 子

나의 감정 변화를 민감하게 알아채는 윤호.
내가 시무룩하게 있으니, 이렇게 말한다.

"엄마, 제가 뭘 잘못했어요?"

"아니, 왜? 왜 그렇게 생각했니?"

"엄마가 속상하면 제가 뭔가 잘못한 거 같은 느낌을 받게 돼요."

"윤호야, 미안! 윤호가 그런 생각이 들도록 하면 안 되는데, 엄마
가 잠깐 딴 생각을 했었나봐. 이해해 줘라!"

"괜찮아요. 엄마가 노력하시니까 엄마를 용서했어요."

지구별 아들들의 가족놀이터

'엥? 용서?'

"그래, 용서해 줘서 고마워."

용서의 정확한 뜻은 몰라도
엄마의 마음을 다 알고,
엄마의 마음을 다 이해한다고
말할 수 있는 아이들.
감정 표현도, 감정 조절도
연습이 필요하다.
아이들을 위해서,
그리고 나를 위해서.

사랑의 무게

남편이 아이들에게 처음으로 체벌을 한 날.
남편은 마음이 무척 좋지 않은 모양이다. 밤새 뒤척이며 가슴 아파한다.

나는 그런 남편을 위로하며 말했다.

애들이 야단을 맞아야 하는 상황이었다고.
잘 혼냈다고. 감정적으로 매를 든 것이 아니니 괜찮다고. 아이들도 느낄 것이라고.
아이들이 맞을 만큼 잘못했다는 점을 스스로 알고 있을 거라고, 매를 때린 아빠의 마음도 아프다는 것을 아이들은 마음으로 전달받을 거라고.
아침에 일어나 보면, 언제 그랬냐는 듯이 웃으며 아빠를 부를 거니까 마음 아파하지 말고 편하게 자라고.

다음 날 아침, 아이들은 여느 때와 같이 아빠에게 달려들어 뽀뽀
하고 장난을 쳤다.

언제 매를 맞은 적이 있었나 싶게. 아이들은 전날의 일을 싹 잊고
해맑은 모습이다.

달려와 안긴 아이들을 안은 채 남편이 나에게 보내는 안도의 눈빛.
나는 엄지손가락을 들어 보이며 '그것 봐'라는 표정으로 웃었다.

아이에게 매를 들고 난후, 무거운 마음을 안고 속상해 하는 부모.
그 무게를 아이들은 알까?

부모의 마음.
아이들도 알겠지.
And.

사랑의 색깔이 다를 뿐, 그 무게는 같다는 것을. And

검정 봉지의 눈

태풍이 오려는지, 바람이 심하게 부는 날이다.

아이들과 창밖을 보고 있는데, 어디선가 검정 봉지 하나가 날아
왔다.
검정 봉지는 거리를 뒹굴뒹굴 굴러가다가 공중으로 붕 떴다가 하
면서 바람에 몸을 맡긴 채 휘날리고 있었다.

이것을 본 진호가 말했다.

"엄마, 검정 봉지에는 발도 달리고 날개도 달렸나 봐요. 정말 잘
도 가요. 진짜 빨라요."

이 말이 끝나자 윤호가 하는 말.

지구별 악동들의 가족놀이터

"근데 눈은 없나봐. 이리 갔다 저리 갔다가 앞으로 갔다가 뒤로 갔다가 정신이 없잖아."

소미가 덧붙인다.

"태풍은 눈이 있어도 우리나라에 오잖아. 눈이 있다고 다 잘 보고, 잘 가는 건 아니야."

태풍이 조용히 지나가기를.
아이들이 올바른 길을 찾아 가는 눈을 갖기를.
세상을 바로 볼 줄 아는 마음의 눈을 찾기를.

시력과 시선

'시선'이라는 안경점 앞을 지나다가 윤호가 묻는다.

"엄마, 안경점 이름이 왜 시선일까요?
시력과 시선은 같은 말이에요?"

"글쎄, 시선은 바라보는 방향이나
관점을 뜻하는 거 같은데……."

한참을 걷다가 윤호가 말한다.

"엄마, 시력과 시선의 차이가 뭘까 생각해 봤어요.
시력은 눈으로 바라보는 힘이고요,
시선은 마음으로 바라보는 힘이 아닐까요?"

"우와! 우리 윤호가 정말 대단한 발견을 했구나.
근데 참 안타깝지. 사람들의 시력도 점점 나빠지고 있
는데, 좋은 시선을 갖지 못한 경우도 많아지고 있으니
말이야."

"그니까요. 눈이 나쁘면 안경을 쓰면 되는
데, 마음이 나쁘면 뭘 써야 할까요?"
"글쎄."

마음에 쓸 수 있는 안경은 없나?

And.

시멘트 속에서 핀 민들레

나는 평일에 연가를 내고 쉴 때면, 되도록 아이들이 하교하는 시간에 맞추어 마중을 나간다. 아이들도 그 마중을 좋아하지만, 나에게도 그 시간은 설레는 시간이다. 아이들과 도란도란 얘기를 나누며 함께하는 하교길이 참으로 행복하기 때문이다.

1학년이 된 지 한 달 남짓 된 윤호를 맞이하러 가는 길.
저만치에서 윤호가 오는 것이 보이기에, 나는 윤호에게 깜짝 등장을 해주려는 생각으로 커다란 가로수 뒤에 숨었다. 그런데도 윤호는 그새 나를 발견하고는 '엄마다!' 소리치며 나를 향해 달려왔다. 어느새 나의 손을 잡고는 학교에서 있었던 이야기들을 재잘재잘하기 시작했다.

"엄마, 우리 반에 ○○○이라는 친구가 있는데, 몸이 조금 불편해요."

지구별 악동들의 가족 놀이터

윤호가 1학년 때 반에는 약간의 장애를 가진 아이가 있었다. 학부모 총회 때 본 적이 있다. 작고 귀여운 아이인데, 정신 발달은 조금 늦은가 보다 생각했었던 기억이 났다. 나는 모르는 척 물었다.

"몸이 어떻게 불편한데?"

"생각주머니가 조금 작대요. 태어날 때부터 아팠다고 선생님이 말해주셨어요."

"윤호야! 그 친구를 네가 많이 도와주고 보살펴 줘야 해. 알았지?"

"네, 엄마. 그 친구 엄청 귀여워요."

귀엽다고 말하는 윤호의 말 속에는 친구가 진심으로 귀여워서 어떨 줄 모르겠다는 느낌이 많이 녹아 있었다.

"오늘은요, 그 친구가 살짝 손을 다쳤어요. 선생님이 그 친구를 보건실에 데려다 주라고 저를 시키셨어요. 그래서 보건실에 데려다 주고 다음 시간에 데리고 오라고 하셔서 저는 수업을 듣고 쉬는 시간에 그 친구를 데리러 갔어요. 그런데 그 친구가 없는 거예요. 제가 정말 얼마나 걱정이 되고 얼마나 놀랐는지 몰라요. 학교를 구석구석 다 돌아다니며 찾았는데, 친구가 없어서 정말 답답했어요. 그러다가 쉬는 시간이 다 지나 버려 교실로 되돌아왔는데, 그 친구가 이미 돌아와서 자리에 앉아 있는 거예요. 아휴, 제가 얼마나 황당했는지 몰라요. 근데 신기한 것은요, 그러면서도 친구가 무사히 돌아와서 다행스럽다는 생각이 드는 거 있죠."

윤호는 아이를 잃어버렸다 다시 찾은 엄마처럼 말을 하고 있었다. 이렇게 오늘의 상황을 설명하는 윤호의 모습이 참 대견하고 사랑스러웠다. 선입견이나 편견 없이 친구를 돌보는 순수한 마음이 나를 미소 짓게 했다.

"너희 반 친구들 모두가 그 친구를 잘 도와주지?"

"아뇨, 저를 포함해서 다섯 명 정도만이요. 어떤 친구는 바보 같다고 놀리기도 해요. 그래서 속상해요."

"그렇구나. 윤호는 지금처럼 그 친구를 잘 보살펴 줘야 해."

윤호가 몸이 불편한 아이를 보살피는 마음이 지금처럼 퇴색하지 않기를 바라는 간절한 마음을 담아, 윤호의 머리를 쓰다듬어 주었다.

"네, 엄마! 그 친구 얼마나 귀여운데요. 걱정 마세요. 제가 그 친구의 부족한 생각 주머니를 채워 줄 거예요."
하며 웃는 윤호의 모습에 내 가슴이 뭉클했다.

윤호와 손잡고 하교하는 이 순간이 행복함으로 가득하다. 길가 곳곳에는 민들레가 피어 있었다. 윤호는 길모퉁이에 있는 민들레를 보라며 내 팔을 잡아당긴다. 어느새 윤호의 이야기는 친구 이야기에서 민들레 이야기로 옮겨 갔다. 쪼그려 앉아서 민들레를 한참 바라보는 윤호의 뒷모습을 바라보며 생각했다.

이것저것 계산을 하며 사람을 상대해야 하는 거칠고 삭막한 어른
들의 세계. 그 속에서 지쳐 버린 나에게 윤호가 초롱초롱한 눈빛
으로 전해 준 친구 이야기는 참으로 따스하게 스며드는구나. 윤호
가 따스한 마음을 갖고 학교생활을 채워 가는 모습이 참으로 감사
하고 고마웠다.

"엄마, 이 꽃 좀 보세요. 정말 신기해요. 어떻게 시멘트를 뚫고 피
었을까요?"

신기해서 바라보고 있는 윤호 옆에 같이 앉아서 민들레꽃을 바라
보았다.
우리 아이들이 시멘트같이 차갑고 삭막한 세상에서도 노오란 꽃
을 피우고 맑고 씩씩하게 티 없이 자라 주기를 소망하면서.

내가 알고 있는 걸 당신도 알게 된다면

칼 필레이가 쓴 〈내가 알고 있는 걸 당신도 알게 된다면〉이라는 책을 읽다가 육아로 고민하는 아빠, 엄마들에게 선배들이 들려주는 대목이 있어 맞장구를 치며 읽었다.

이 책은 대부분의 사람들이 제대로 훈련도 받지 않고 준비도 하지 않은 채 육아라는 일을 맡게 된다고 말하고 있다. 나는 어쩐지 이 말에 큰 위안을 받았다. 동서고금 막론하고 부모라면 누구나 다 육아로 고민을 했으리라는 대목에서 나만 육아에 서툰 게 아니었다는 안도감이라고나 할까.

분명 내 유전자를 태어난 아이들이지만
때론 외계인처럼 보이는 나의 삼남매.
마치 가위, 바위, 보처럼 모두 다르고
전혀 예측할 수 없는 삼남매.

맞아 맞아, 아이들은 가위, 바위, 보처럼 다 달라. 예측할 수도 없어.

나의 삼남매는 금성인, 화성인, 토성인 같아서 지구인으로서는 이해할 수가 없다고 생각했지. 금성인을 겨우 이해했는데, 그다음 태어난 아이는 화성인, 그 다음은 토성인. 매뉴얼이 없는 외계인과의 소통법은 창조의 인내와 같았어. 늘 그들의 언어와 가치체계를 이해하느라 탐구를 해야 했는데 나만의 애로사항은 아니라는 것을 이 책을 통해 알았다. 공감 백배. 위로 백배!

나의 아이들이 없는 내 삶은
상상도 할 수 없지 않은가.
나의 아이들도 언젠가
나를 닮은 부모가 될 테고.

'너 커서 꼭 너 닮은 딸 낳아 키워 봐라.' 부모들의 이 볼멘소리는 수많은 대물림을 한다. 어머니가 어머니에게서 들은 말을 다시 어머니의 딸에게 전하는 것처럼. 내가 나의 부모님을 존경하듯이 나도 존경받는 부모로서 자리할 수 있도록 노력하자고 다짐해 본다.
아이들이 장성했을 때 지금 이 순간들을 미소 지으며 회상할 수
있기를 바란다. 언젠가 장성한 삼남매와 모여 앉아 이야깃거리가
될 우리만의 추억을 만들고 싶다. 아이들과 함께하는 이 순간을
감사하면서, 다시 돌아오지 않을 이 시간을 즐기자.

내려갈 때 보았네.
올라갈 때 못 본 그 꽃
－고은 시 중에서－

마음 정원들 가득 메운 따스한 햇살

And.

현재는 선물이다

"엄마, 여기 present 있습니다."

"고마워. 윤호가 오늘 새로운 영어단어를 배웠구나."

"윤호야, 'present'는 '선물'이라는 뜻도 있지만
'현재, 지금'이라는 뜻도 있단다."

"아! 정말요? 그럼 다시 할게요.
엄마, present에 present를 드릴게요."

"땡큐!"

"윤호야! 엄마 이름에는 현재도 있고 선물도 있다."

"정말요?"

"엄마 이름으로 삼행시를 지어 볼까?
윤호가 운을 띄워 봐."

"최!"

"최면을 걸어 보세요. 행복의 최면을 걸어 보세요."

"현!"

"현재는"

"선!"

"선물이랍니다."

지금 우리가 살고 있는 현재(present)는
우리에게 주어진 소중한 선물(present)이다.

사랑스러운 미소를
머금고 있는 책

저자와 나는 직장 선후배로 만났다. 저자는 평소에도 아이들과 있었던 이야기나 업무를 하면서 겪은 일화를 입담 좋게 풀어 놓아, 동료들을 한바탕 웃게 만드는 재주가 있다.

저자는 주변에서 겪은 일화들을 카툰으로 그려 직장 내 커뮤니티에 게재한 적이 있다. 직장인이 갖는 애환을 직접적이지 않으면서도 속 시원하게 풀어내어 많은 직원들의 공감을 얻어내기도 했다. 저자는 여러모로 참 유쾌한 사람이다.

저자가 풀어내는 재미난 이야기들이 나에게는 출근하고 싶은 이유가 되기도 했었다. 그래서 나는 저자에게 아이들과의 이야기를 글과 그림으로 담아 보기를 권했다. 나는 이미 저자와 삼남매의 팬이었기에.

이 책은 주인공이라 할 수 있는 삼남매가 아빠, 엄마 그리고 할아버지, 할머니와 함께 단독주택에 살면서 겪은 에피소드이다. 삼남매는 마음껏 뛰놀고 대가족 속에서 사랑을 듬뿍 받으면서 예쁘게 성장하고 있다. 가끔 엉뚱하고 발랄함이 지나쳐 엄마인 저자를 당황하게 할 때도 있지만, 정이 많고 사랑스러운 아이들이다. 이 책은 그러한 아이들과의 일상 속에서 발견한 재치와 따스함을 담고 있다.

아이들의 일상을 어쩜 이리도 사랑스럽게 표현했는지. 읽다 보면 어느새 동화책을 읽고 있는 듯 나의 마음도 아이가 된다. 나는 가끔 초등학교 다니는 아들과 같이 이 책의 그림을 본다. 소박하지만 촌스럽지 않은 저자의 그림은 그녀를 닮아 참 매력적이다.

저자의 그림에 담긴 의미를 음미하면서 읽어 보라. 읽으면 읽을수록 맛이 난다. 읽을 때마다 다른 재미를 발견할 수 있을 것이다. 그림 곳곳에 숨어 있는 유머가 꼭 개그 프로 같다. 읽다가 나도 모르게 "아, 웃겨!" 하며 혼잣말을 내뱉게 된다. 가끔은 침대에 누워서 갑자기 책 내용의 숨은 뜻을 찾아내고는 혼자 깔깔대고 웃기도 한다. 한참 뒤에 무릎을 치게 되는 고도의 유머를 다른 독자들도 보물찾기 하듯, 숨은 그림 찾듯 찾아보기를 권한다.

이 책에서 아이들을 사랑하는 저자의 마음을 고스란히 느낄 수 있어, 읽는 내내 마음이 포근했다. 아이들이 펼치는 이야기가 힘든 순간들도 사랑으로 품어 극복해 내는 모습들이 가슴을 뜨겁게 적시기도 한다. 1990년대에 유희열의 삽화집 〈익숙한 그 집 앞〉을 보며 잠 못 이루고 설레던 감성 소녀의 마음이 감성 아줌마로 만나게 된 책. 바로 이 책은 나의 아이에게서도 발견하게 되는 재미를 잔잔한 감동과 웃음으로 접하게 해준다.

또한, '아이와 이렇게 놀아 보면 어떨까?' 하는 저자의 부드러운 제안이 곳곳에 숨어 있다. 저자는 저자의 평소 성격이 그렇듯, 틀에 박힌, 또는 어떠해야 한다는 방식으로 특정한 육아 방식을 강요하거나 주장하지 않는다. 그녀의 음성처럼 차분하고 편안하게 독자를 이끈다.

그리고 저자의 책을 보다 보면 조급하고 지쳐 있던 생활에 활력을 얻게 된다. 아마도 저자는 아이들의 이야기를 통해 많은 어른들이 동심을 떠올리길 바랐던 게 아닐까. 그리고 그들의 순수한 마음들을 지켜 주고 싶었던 게 아닐까. 저자의 책을 보면서 나도 행복한 엄마가 되어야겠다고 다짐해 본다. 누구나 이 책을 통해 웃음을 찾을 수 있을 것이기에, 더 많은 사람들이 저자의 책을 접하며 행복해지기를 바란다.

저자가 첫 번째 삽화 스케치를 해보았다며, 다듬어지지 않아 아직 날것이지만 한번 봐달라던 때가 생각난다. 나는 그 그림을 보자, 어쩐지 가슴이 뭉클해지며 감격의 눈물이 났다. 아마도 저자의 그림에는, 그리고 그녀의 글에는 있는 그대로의 사람 냄새가 묻어 있기 때문이 아닐까. 디지털 시대에도 아날로그를 고집하며 일일이 손으로 터치하고 색연필로 채색한 그림에는 정성이 가득하다. 선 하나하나에 그녀의 숨결이 묻어 있어 그림이 살아 숨 쉬는 것 같다. 이 책은 한때 감성 소년, 소녀였고 이제는 감성 아저씨, 아줌마로 돌아온 이들에게 놀이터가 되어 줄 것이다. 많은 이들에게 더없는 위안과 재미를 선사할 것이다.

언니, 고마워요. 이렇게 사랑스러운 책을 만들어 주어서.

직장 동료
이찬, 이준 맘 염보름